PESADILLA
VIVIENTE

PESADILLA VIVIENTE

DE CARLY ANNE WEST

ILUSTRACIONES DE **TIM HEITZ Y ARTFUL DOODLERS LTD.**

TRADUCCIÓN DE **MARÍA ANGULO FERNÁNDEZ**

Rocaeditorial

Título original inglés: *Hello Neighbor. Waking Nightmare*

© tinyBuild, LLC. All Rights Reserved.
© 2019, DYNAMIC PIXELS ™
Edición en español publicada por ROCA EDITORIAL DE LIBROS, S.L.
en acuerdo con Scholastic Inc., 557 Broadway, Nueva York, NY 10012, USA

Primera edición: junio de 2019

© de la traducción: 2019, María Angulo Fernández
© de esta edición: 2019, Roca Editorial de Libros, S. L.
Av. Marquès de l'Argentera 17, pral.
08003 Barcelona
actualidad@rocaeditorial.com
www.rocalibros.com

Diseño del interior: Cheung Tai

Impreso por LIBERDÚPLEX, S. L. U.
Carretera BV 2249 km 7,4
Polígono Industrial Torrentfondo
08791 Sant Llorenç d'Hortons (Barcelona)

ISBN: 978-84-17541-57-6
Depósito legal: B-13308-2019
Código IBIC: YFC; YFD

RE41576

PRÓLOGO

Estoy corriendo tan rápido que ni siquiera noto los pinchazos de las agujas de pino en las plantas de los pies. Pero me da lo mismo porque lo que sea que me está persiguiendo cada vez está más cerca. Lo oigo resoplar y jadear a mis espaldas y, si agudizo el oído, creo poder percibir el alarido de satisfacción y regocijo que está deseando soltar en cuanto me haya atrapado y me tenga entre sus garras.

Respiro hondo y, sin pensármelo dos veces, me dirijo hacia la oscuridad del bosque. Las zarzas se me enredan en los tobillos y me arañan las espinillas con sus espinas. Han caído cuatro gotas de lluvia, por lo que las hojas están mojadas y no dejo de resbalar, pero ya no puedo parar. Tengo que llegar ahí primero.

Trato de enmudecer los gruñidos y rugidos de la bestia que me hostiga y me persigue y por fin puedo oírla: la débil pero inconfundible música del carrusel. Estoy cerca.

Alzo la mirada y, por encima de las copas de los árboles, advierto la sombra de la cesta de una noria. Sí, estoy a punto de llegar. Acelero y, aunque parezca asombroso, corro todavía más rápido. Atravieso un claro del bosque y trepo por la noria hasta llegar a la única cesta que cuelga de los raíles. No deja de balancearse. Cierro la portezuela un segundo antes de que el monstruo pueda alcanzarme. Da un manotazo a mi cesta y la bambolea con más fuerza. Estoy arriba. Muy arriba.

Desde esa posición puedo contemplar todo el bosque y todas y cada una de las ruinas carbonizadas del parque de atracciones Manzana Dorada. Durante un breve instante me parece verlo tal y como era, decorado con carteles recién pintados y repleto de atracciones resplandecientes y, de fondo, los gritos de felicidad de los niños y las risas de los padres. La brisa arrastra esos sonidos alegres pero, por desgracia, enseguida se convierte en un viento frío y helador.

Estoy en el punto más alto de la noria. Sin embargo, cuando miro hacia abajo, me doy cuenta de que ya no estoy en una cesta, en una jaula cerrada, sino en un carrito de supermercado, con sus barras metálicas gélidas presionándome las pantorrillas.

Me asomo por los barrotes y echo un vistazo al parque. Su antiguo esplendor ha quedado reducido a un montón de ruinas chamuscadas y a algún que otro grafiti de vándalos cabreados. El monstruo que me ha seguido hasta ahí parece haberse esfumado, pero por el rabillo del ojo vislumbro algo que llama mi atención, un brillo metálico justo detrás de los árboles torcidos y encorvados que crecen en la linde del bosque.

Espero a que la noria dé toda la vuelta para bajar del carrito y, una vez más, echo a correr a toda prisa. Dejo atrás la melodía del carrusel, el bosque de árboles decadentes y retorcidos, los restos siniestros de las casetas de palomitas. Más allá de ese cementerio mecánico está el esqueleto de la montaña rusa Corazón podrido, con un único y solitario vagón en la cúspide del bucle. El resto de vagones parece haber desaparecido de la faz de la Tierra. Ahí, en mitad de esa oscuridad nocturna, la atracción se cierne alto, tal vez demasiado alto, y ahora es cuando quiero despertarme.

«Despiértate, Nicky. Esto no es real.»

Lo pruebo, aunque sé de antemano que no va a funcionar. Y lo sé porque ya lo he probado antes, y nunca ha funcionado. Sin embargo, esta noche tengo la corazonada de que no va a funcionar porque entre los escombros de la montaña rusa se esconde un secreto que debería descubrir.

—Solo quiero irme a casa —digo en voz alta, aunque soy consciente de que nadie va a responderme, u oírme. La bestia ha perdido mi rastro y ahora merodea por otra parte del bosque, pero sigue al acecho. El parque está sumido en un silencio sepulcral, el mismo silencio que años atrás llenaron los ruegos de niños asustados.

El brillo de la noria que segundos antes captó mi atención y me persuadió y me condujo hasta la montaña rusa vuelve a parpadear y, en esta ocasión, veo claramente de dónde proviene: de debajo del árbol donde hallaron el cadáver de Lucy Yi después del accidente. Su cuerpecito estaba hecho un ovillo en el suelo del vagón de la montaña rusa.

Camino hacia el árbol poco a poco. Estoy seguro de que lo que me ha atraído hacia allí necesita ser encontrado y descubierto.

Pero no quiero encontrarlo, ni descubrirlo.

La luz de la luna cubre el paisaje de un manto plateado, pero sé que la pulsera que tengo ante mis narices —esa cadenita dorada con su colgante en forma de manzana— no es plateada, sino dorada. Me arrodillo para cogerla y acaricio el colgante con los dedos, que no dejan de temblarme. Sé muy bien qué inscripción voy a encontrar ahí escrita, pero aun así vuelvo a leerla.

Trato de desenterrar la pulsera, pero parece estar enredada con algo, tal vez con una raíz rebelde, o algo así. Tiro de la cadena con más fuerza, pero no sirve de nada. Está atrapada. Aparto la tierra de alrededor porque me pica la curiosidad. Quiero saber con qué ha podido enredarse. A media que voy sacando puñados de tierra, se va volviendo más blanda hasta convertirse en lodo, pero no pienso rendirme. Tengo los dedos cubiertos de barro, pero me da lo mismo.

Tiro una última vez de la cadena y, horrorizado, veo que una mano pálida emerge de la tierra.

De repente, me agarra por la muñeca. Trato de soltarme, pero es imposible. Tiene una fuerza sobrehumana. Me echo hacia atrás, pero tampoco sirve de nada. Es como si se hubiera quedado pegada a mi muñeca, así que sigue emergiendo de las entrañas del parque.

Lo primero en salir es el brazo, doblado en un ángulo imposible, totalmente forzado. Y, de golpe y porrazo, aparece otro brazo idéntico al primero. Me agarra todavía con más fuerza. Sus dedos recubiertos de barro se me clavan en la piel y, por un momento, creo que me van a partir la muñeca. Lo que sea que hay ahí enterrado apoya la otra palma sobre el suelo para así impulsarse y salir a la superficie.

—¡Socorro! —grito, pero es absurdo.

Esa cosa empieza a salir, y ya no hay marcha atrás. Saca la cabeza, recubierta de fango y con un sinfín de gusanos y cucarachas correteando por esas mejillas lisas y pálidas. Abre los ojos, me fulmina con esa mirada siniestra y estira el otro brazo, tratando de agarrarme.

CAPÍTULO 1

Abro los ojos. Unas nubes eclipsan la luz de la luna, como siempre ocurre en las películas de hombres-lobo justo antes de que el tipo menos sospechoso se transforme en un monstruo sediento de sangre fresca. Los nubarrones grises tratan de oscurecer el brillo plateado de la luna, pero el resplandor es demasiado brillante y atraviesa las nubes. No recuerdo la última vez que vi la luna con tanta claridad.

Pero ese asombro y esa fascinación por la luna enseguida se esfuman. Noto un escozor constante en la espalda, como si me estuvieran clavando cientos de alfileres a la vez. Me sacudo la camiseta y caen al suelo varias agujas de pino.

Me incorporo quizá demasiado rápido porque al contemplar el cielo veo decenas de lunas distintas, pero un segundo después recupero la visión.

Estoy sentado en el suelo, y estoy seguro de que no es la primera vez que lo veo, a pesar de que nunca he dormido en él. De hecho, no dormiría en él ni en la peor y más aterradora de mis pesadillas. Bueno, pensándolo bien, quizá en la peor y más aterradora de mis pesadillas sí lo haría.

Me levanto poco a poco. Tengo todos los músculos agarrotados y doloridos y me tiembla todo el cuerpo, lo cual es bastante lógico teniendo en cuenta que estamos a mediados de diciembre y estoy en mitad del bosque con un pijama de franela y descalzo. Es verdad que el otoño se está alargando y que el frío del invierno está tardando en llegar, pero aun así voy demasiado desabrigado. El viento forma remolinos a mi alrededor. Me abrazo, y es entonces cuando me doy cuenta de que tengo las manos manchadas de barro y las uñas llenas de tierra. Siento un escalofrío por la espalda al recordar las manos que aparecían en mi pesadilla y el barro que iba apartando para poder desenterrarlas.

Echo un segundo vistazo a mis manos, y después escudriño el suelo a mi alrededor. Ahí, a apenas un metro del agujero que inexplicablemente transformé en mi cama anoche, hay un montículo de tierra y, justo al lado, un hoyo. Me acerco al hoyo y me preparo para enfrentarme y defenderme de lo que sea que me esté esperando ahí dentro, pero cuando me asomo al agujero me doy cuenta de que está vacío. Me observo las manos una vez más en un intento de encontrar alguna pista que me ayude a comprender cómo he llegado hasta allí y qué he hecho mientras dormía.

Mis manos no me desvelan nada, salvo que estoy tiritando de frío.

Me vuelvo y me dirijo hacia el único camino que conozco para volver a casa, el mismo que solía tomar con Aaron siempre que íbamos de excursión a la fábrica de caramelos Manzana Dorada.

Antes de que Aaron desapareciera.

Aaron Peterson fue el primer amigo que hice cuando nos mudamos a Raven Brooks el verano pasado. A él le apasionaba abrir candados y cerraduras; a mí, idear y construir aparatos electrónicos de última generación. Y, juntos, nos dedicábamos a impartir justicia entre los pretenciosos y estirados propietarios de las tiendas de la ciudad y también entre los desconsiderados e incívicos propietarios de perros. Podría decirse que mi familia es un poco nómada, y no suele quedarse mucho tiempo en un mismo sitio; a mi padre le cuesta horrores mantener un empleo. Aaron hizo que albergara la esperanza de que, por fin, nos estableciéramos en un lugar, en Raven Brooks.

Fue la primera persona que conocí tan peculiar y extraña como yo. Éramos dos bichos raros, y no nos avergonzábamos de ello. Mi familia podría describirse como extravagante y poco convencional, pero la familia de Aaron era… algo más que eso. Era una familia excéntrica, desde luego.

Su padre, Theodore Masters Peterson, era el famoso y reconocido (y también desequilibrado, pero eso ya es cosecha propia) ingeniero que diseñó y construyó el parque de atracciones Manzana Dorada, el último de una larga lista de parques temáticos que habían atestiguado algún que otro desastre. La madre de Aaron, Diane, falleció en un accidente de coche a finales de verano… una tragedia que desgarró a la familia. Mya, la hermana pequeña de Aaron, me citó en el parque de atracciones hace exactamente cuatro meses para suplicarme ayuda.

Vuelvo a casa medio andando, medio corriendo. Voy descalzo y tengo las plantas de los pies congeladas, lo cual no me deja avanzar tan rápido como me gustaría. Noto un leve escozor en los tobillos. Me subo un poco las perneras de los pantalones. Tengo los tobillos llenos de arañazos, la inconfundible señal de que he atravesado unas zarzas afiladas.

Cuando llego a casa, la luna ya casi ha desaparecido tras ese escudo de nubes y, a pesar de que las farolas del vecindario siguen encendidas, sé que no tardarán en apagarse. Estoy temblando tanto que me cuesta una barbaridad trepar por el enrejado de la pared para así poderme colar por la ventana de mi habitación.

—Y así es como logré salir de aquí —murmuro cuando por fin estoy dentro, a salvo.

Sí, esa explicación es bastante lógica. Seguramente me escabulliría por la ventana. Jamás me atrevería a despertar a mis padres saliendo por la puerta principal de casa a altas horas de la madrugada. Aunque fuese sonámbulo, jamás barajaría esa opción.

Pero ¿por qué iba a querer salir de casa a escondidas? ¿Y por qué iba a hacerlo en pijama? ¿Qué podría estar buscando?

—¿Y por qué no recuerdo nada de eso?

Me quedo ahí plantado, frente a la ventana, en busca de pistas, de alguna señal que me ayude a entender el motivo que me ha llevado a levantarme y a escaparme de casa y que demuestre que no he perdido definitivamente la chaveta. Pero no encuentro nada que me sirva, o que me consuele. Las sábanas están echadas a un lado, lo que significa que, en algún momento, me metí en la cama. La lamparilla del escritorio está encendida y, aunque la mesa está despejada, sé que antes no lo estaba porque nunca lo está. Siempre dejo mis trastos ahí encima.

Me acerco lentamente al escritorio y abro el cajón de en medio, el más profundo. Aparto la bandeja de lápices y levanto la diminuta pestaña que hay en el fondo del cajón, tras la que se esconde el fondo falso. Dejo la bandeja de lápices y el tablón de madera contrachapada a un lado, retiro la parte frontal del último cajón, un cajón de mentira, y saco el archivador gris, que pesa como un muerto. Los papeles que contiene sobresalen por todos lados y todas las esquinas están rasgadas, o destrozadas.

Busco la última página que recuerdo haber leído anoche, justo antes de acostarme. Era un artículo nuevo, el último de la saga sobre qué ocurrirá con los terrenos sobre los que se construyó el parque de atracciones Manzana Dorada.

Hay una fotografía del viejo cartel de «BIENVENIDOS» junto a lo que antaño había sido la entrada del parque temático, pero está pintarrajeado con un grafiti negro y azul que parece un moretón. La mitad derecha del cartel está chamuscada, de forma que no se puede leer bien, y el rostro de la manzana dorada danzante está tan desfigurado que lo mejor habría sido que también se hubiera quemado en el incendio.

Debajo de esa fotografía hay otras dos que ya he visto antes, la del retrato de Lucy Yi, con la cabeza ladeada, una sonrisa de oreja a oreja y con la pulsera del Club de Jóvenes Inventores de Manzana Dorada alrededor de su muñeca, y la del receloso y desconfiado señor Peterson, que trata de protegerse de la luz del *flash*.

Ya se ha fijado la fecha para la tan esperada audiencia sobre el destino de los terrenos sobre los que se construyó el legendario parque temático de Raven Brooks. El 28 de diciembre, un juez escuchará los argumentos de los abogados que representan al dueño de la propiedad, es decir, el Banco Municipal de Raven Brooks, que adquirió dicha propiedad después de que la empresa Manzana Dorada se declarara en bancarrota, y los abogados que representan a EarthPro, una agencia de desarrollo empresarial e inmobiliario que ha mostrado un gran interés en comprar los terrenos que, durante años, nos han recordado la tragedia que sufrieron y padecieron una familia y un antiguo negocio local.

Este caso marcó a todos los vecinos de la ciudad y, tras unos meses de duelo, abrió un debate peliagudo: ¿qué hacer con las ruinas del parque temático y la fábrica abandonada? Sin embargo, la pregunta levanta muchas ampollas, pues no se trata solamente de una pelea por unos terrenos.

«Si fuese Brenda Yi, no me lo pensaría dos veces y apoyaría la iniciativa de EarthPro. Después de lo que le ocurrió a su hija, no sé cómo ha podido vivir todo este tiempo con las ruinas ahí, recordándole cada día esa desgracia», dice Eddie Reisman, una fisioterapeuta que trabaja en el centro Huesos y Articulaciones Raven Brooks.

Sally Unger, una estudiante de estética, no está de acuerdo. «Mira, lo que le pasó a esa pobre niña fue una tragedia, pero ¿vender los terrenos a una empresa desconocida? ¿Qué va a solucionar eso? ¡Solo servirá para que más negocios locales echen el cierre!»

Sin embargo, todavía hay quienes cuestionan la sentencia sobre la culpabilidad y responsabilidad del accidente.

Herb Villanueva, el dueño de la cafetería Buzzy Coffee en la *plaza, opina lo siguiente: «Me cuesta creer que no haya un culpable al que poder señalar con el dedo. A ver, sí, la gente de Manzana Dorada pagó un dineral para compensar los daños causados, y supongo que eso ya fue algo, pero no nos engañemos, por favor. Todos sabemos quién construyó esas atracciones. Nadie se atreve a decirlo en voz alta, pero hay alguien que sigue campando a sus anchas por la ciudad y no ha reconocido su parte de responsabilidad en ese desastre».*

Ya no sigo porque he leído ese mismo artículo unas... tropecientas veces. Sé cómo continua la historia incluso antes de que salga publicada en los periódicos, antes de que los clientes de la tienda de productos ecológicos de la señora Tillman lo comenten mientras esperan en la cola. Papá siempre le explica a mamá las últimas novedades sobre el caso. Maritza habla del tema con Enzo. Incluso personas que no se conocen entablan conversación para ponerse al día del caso. Es como si en Raven Brooks no se hablara de otra cosa.

Paso páginas y páginas de artículos que he ido guardando, y me fijo especialmente en las frases que he subrayado, en todas las veces que se ha mencionado la carrera profesional del señor Peterson. Me salto todos los recortes de periódico porque quiero llegar al papel cuadriculado sobre el que he dibujado unas columnas perfectas, con fechas separadas por franjas horarias y con un código de color estudiado para así poder distinguir fácilmente las acciones.

Es la única forma que he encontrado de soportar la situación. Merodeo alrededor de su casa y, cuando creo que nadie me ve, me adentro hasta el jardín. A veces me da la sensación de que alguien cruza la calle y observa la ventana de mi habitación, y esa sospecha se merece un color propio y distinto a los demás.

Paso las páginas hasta llegar al final del archivador; de la última carpeta sobresale un montón de papeles. Deslizo el pulgar y el índice por la abertura y saco la cadena dorada con el colgante en forma de manzana. Lo contemplo durante unos instantes; el chapado que recubría la cadena se está tiñendo de verde de tantas veces que lo he tocado y manoseado. No necesito leer la inscripción, del mismo modo que no necesito leer los artículos de periódico que tratan sobre la demanda judicial y la pelea por los terrenos del parque temático.

Pero, aun así, los vuelvo a leer una y otra vez. Los releo cada noche en busca de alguna mención de Aaron o de Mya, o de su paradero, o de por qué a nadie parece importarle un pimiento.

Porque esa es la triste y cruda realidad: a nadie le importa. Llevo 107 días vigilando la casa de los Peterson, ni uno más, ni uno menos. Y no he visto ni rastro de Aaron o de Mya. Al principio me resultó bastante fácil distraerme: la colección de videojuegos de Enzo y el infinito conocimiento enciclopédico que tiene Trinity sobre Raven Brooks bastaron para afianzar nuestra amistad. Y la hermana pequeña de Enzo, Maritza, se ha portado muy bien conmigo... y, aunque lo he intentado varias veces, no parece que le apetezca hablar de la relación que mantenía con Mya.

Durante el primer mes de clase, la gente me aconsejaba que aparcara el tema y dejara de darle tantas vueltas porque no iba a averiguar nada nuevo. Traté de no preocuparme tanto, pero cada día que pasaba me sentía peor. Hasta que, de repente, en noviembre, saltó la noticia: Aaron y Mya iban a mudarse con un pariente lejano que vivía a cientos de kilómetros de Raven Brooks.

—El dolor de la pérdida de su madre ha debido de ser insoportable para ellos —me dijo papá—. Estoy seguro de que será lo mejor.

Pero noche tras noche, los sueños me llevan hasta el parque de atracciones Manzana Dorada.

Hasta la pulsera que apareció por arte de magia enredada entre los arbustos, a los pies del enrejado de madera.

Hasta la nota con el manchurrón de sangre.

Hasta el miedo que percibí en la voz de Mya en la cinta casera que encontré en la fábrica abandonada.

Si Aaron y Mya están sanos y salvos, ¿por qué sigo sintiendo que les he fallado?

CAPÍTULO 2

Me duché ayer por la noche, pero me he despertado tan aturdido y desorientado que no recuerdo si me eché desodorante, lo cual, por cierto, siempre me hace sudar aún más.

Por suerte, encuentro un escondite perfecto detrás de un árbol del patio del instituto y me escabullo hasta allí para olisquearme la axila de la camiseta. Salgo de mi madriguera, muy poco convencido, por cierto, y me topo con Maritza, que parece estar esperándome y me mira con los ojos entrecerrados, como si sospechara algo.

—Has tenido días mejores —dice, y se le escapa una risita—. Pero hueles bien.

Ese tipo de comentarios son los que me hacen sudar. Maritza ya es casi una más del grupo. Hace ya más de tres meses que empezó el curso y, desde el primer día de clase, se nos pegó como una lapa. Así que ahora siempre somos cuatro, Enzo, Trinity, Maritza y yo. Es maja y eso, pero es la hermana de Enzo, y eso enrarece un poco las cosas. Sin embargo, debo reconocer que su presencia hace que mis glándulas se vuelvan pavlovianas y transpiren sin parar. Ahora hablando en serio, ¿me acordé de echarme desodorante o no?

—¿Dónde está Enzo? —le pregunto para esquivar el tema de mi olor corporal.

—«Entrenando» —responde, e imita el gesto de las comillas con los dedos.

Nos dirigimos hacia las taquillas.

—Ya, baloncesto —digo. No puedo creer que haya esquivado un tema incómodo por otro todavía más incómodo.

—Y bien, ¿cuándo piensas decírselo? —pregunta, de repente.

—¿Decirle el qué?

Arquea las cejas.

—Pues qué va a ser, que lo odias.

—No odio el baloncesto —replico, un tanto a la defensiva.

—Está bien. ¿Cuándo piensas decirle que no tienes ninguna intención de probarlo? —insiste.

Y, esta vez, no puedo llevarle la contraria.

—Es… complicado —murmuro.

Maritza sonríe, pero no despega los ojos del pasillo que se extiende frente a nosotros.

—¿Lo es? Me cuesta creerlo, la verdad. Creo que la conversación podría consistir en algo como: «Hola, ¿te apetece probar el baloncesto?», a lo que tú podrías responder con un: «No, gracias, el deporte no es lo mío», a lo que mi hermano diría: «Ah, vale».

Trato de sonreír, pero lo único que consigo es dibujar algo que más bien parece una mueca.

—Tienes razón. Es muy fácil —admito.

—Es pan comido —resuelve ella, y después nos quedamos callados porque los dos sabemos que de fácil no tiene un pelo.

Prefiero omitir un detalle sin importancia. El detalle de que el repentino interés de Enzo por el baloncesto coincidió con la mágica y misteriosa desaparición de Aaron y Mya. Y, por lo visto, Maritza prefiere omitir otro detalle: lo rápido que la gente se tragó la lamentable historia que se inventó el señor Peterson para justificar la ausencia de sus hijos. Según él, los había mandado a vivir con una tía lejana y todos le creyeron a pies juntillas.

Y los dos preferimos omitir otro tema, el que más me perturba y me inquieta. El ambiente que se respira en la ciudad se ha vuelto tenso, casi incómodo, sobre todo después de que el banco de Raven Brooks anunciara a los cuatro vientos que estaría dispuesto a vender a EarthPro los terrenos que antaño pertenecieron a la empresa Manzana Dorada. Algunos vecinos, como mi madre, por ejemplo, creen que será un incentivo para la economía local, pero otros, como la pirada de la señora Tillman, opinan que esa decisión pondrá en peligro la supervivencia de sus pequeños negocios, lo cual no es una idea del todo descabellada.

Si lo piensas fríamente, nada de eso debería estar relacionado con el súbito interés de Enzo por el baloncesto, pero me parece demasiada casualidad, y las casualidades no existen. Y por eso sospecho un poco. Algo que he descubierto hace muy poco es que los Espósito mantenían una relación muy estrecha con la familia Yi.

A veces me da la sensación de que siempre que alguien recuerda a la pobre Lucy Yi piensa en sus amiguitas, en Maritza y en Mya, pues formaban un trío inseparable. Y eso hace que Enzo no se sienta del todo cómodo cuando el nombre de Aaron o del señor Peterson se menciona en una conversación. Y, para colmo, de la noche a la mañana, entre el trágico accidente que provocó la muerte de la señora Peterson y el interés de EarthPro en los terrenos de la empresa Manzana Dorada, el apellido Peterson está en boca de todo el mundo. Así que es bastante comprensible que Enzo quiera probar cosas nuevas y actividades distintas en las que nadie le relacione con la tragedia y la catástrofe.

En fin, sea como sea, eso es lo que me digo a mí mismo en momentos de bajón, cuando temo que Enzo pueda llegar a considerarme kriptonita social.

Sí… complicado.

Para cuando suena el primer timbre, ya ni me acuerdo de si me apestan los sobacos o no. Me he adentrado en un terreno ya familiar. Todos los pensamientos que ruedan por mi cabeza están relacionados con Aaron y Mya.

Porque da igual lo que ocurra con Enzo y el baloncesto, o con los terrenos de Manzana Dorada que EarthPro se muere por adquirir lo antes posible; todo gira alrededor de Aaron y Mya. Todo el mundo parece ansioso por fiarse del señor Peterson y tragarse la patraña de que sus hijos están bien pero, al mismo tiempo, le señalan como el único culpable de la muerte de Lucy Yi.

Suena el último timbre del día; Ruben y Seth entran en el aula, con Enzo pisándoles los talones. Los nuevos amigos de Enzo son bastante altos; le sacan un palmo como mínimo y, a juzgar por cómo lo tratan, no parece que se hayan dado cuenta de que tienen un nuevo amigo en la cuadrilla. Son como clones. Todos llevan el pelo engominado hacia atrás, como si los hubiera lamido una vaca. O, mejor aún, como si se hubieran puesto un casco de charol. Ruben y Seth se apresuran en sentarse en las dos únicas sillas que quedan libres para estar uno al lado del otro. Ni se molestan en buscarle un sitio a Enzo, que pasa por mi lado arrastrando los pies y se acomoda en el fondo de la clase.

Y justo cuando deja la mochila en el suelo, la pelota de baloncesto con la que estaba haciendo unos malabarismos bastante decentes rebota en el suelo, rueda varios metros y golpea el zapato desgastado y raído del señor Pierce.

—Señor Espósito, dejemos las pelotas donde deben estar, en la pista —dice el señor Pierce, y lanza la pelota al otro extremo de la clase.

Todos los alumnos sueltan una risilla. Creo que al señor Pierce el baloncesto le importa un bledo. Bien, ya no soy el único.

Ruben y Seth se ríen más alto que el resto. Rezo y espero que Enzo no se haya dado cuenta de que le estaban lanzando miraditas por encima del hombro.

Arranco un folio de mi libreta, lo arrugo formando una bola, apunto bien y, sin pensármelo dos veces, la lanzo directo a la cabeza de Seth. Él se vuelve enseguida y nos fulmina a todos con su mirada asesina. Qué curioso, de repente los ejercicios de integrales me parecen lo más interesante y divertido del planeta.

El día va avanzando, y el hecho de haber pasado la noche en vela empieza a hacer mella en mí. Al final, ni siquiera soy capaz de mantener los ojos abiertos. Camino arrastrando la mochila por el suelo, pero me da lo mismo. Lo único que quiero es llegar a casa, y rápido.

—Tío, parece que hayas dormido en un establo de llamas —bromea Enzo. Trinity le da un empujoncito y se le queda mirando fijamente, hasta que, por fin, él pilla la indirecta.

Antes no solía importarme rememorar y bromear sobre aquella noche en la granja de llamas, o sobre el recogedor de mierda de perro con muelles, o sobre las grabaciones de pedos, o sobre todos los escándalos que llegaron a oídos de todos los vecinos de Raven Brooks después de mis aventuras veraniegas junto a Aaron, pero las cosas han cambiado.

—Lo siento —murmura Enzo—. No pretendía sacar el tema…

Sé que intentan ser amables y comprensivos conmigo, pero ojalá mis amigos dejaran de tratarme con tanto cuidado y me preguntaran sin tapujos qué es lo que me asusta tanto recordar. A ver, no he olvidado nada de nada. Durante los últimos meses, solo he pensado en una cosa, en qué les ha podido pasar a Aaron y a Mya. Esa pregunta me acecha a todas horas desde que encontré la nota que salió volando de la ventana rota de la habitación de Aaron y que atrapé en mitad de la calle. También he pensado mucho en la mancha de sangre seca que había sobre el papel. Y le he dado muchísimas vueltas a por qué Aaron trató de advertirme de que no hiciera lo que precisamente estoy haciendo.

Si mis amigos supieran, si alguien supiera, que he estado haciendo mis pesquisas desde que encontré esa maldita nota, no evitarían tocar el tema de Aaron y Mya. Me evitarían a mí.

—Me apetecen unos tacos —suelta Trinity para romper ese silencio tan incómodo—. ¿Quién se apunta?

—No puedo. Tengo entreno —dice Enzo, y golpea la pelota con tanta fuerza que da un bote altísimo. Luego sacude la mano para intentar aliviar el dolor que seguramente le ha adormecido la palma.

—Lo único que quiero es tumbarme en la cama —digo. El camino de vuelta a casa se me va a hacer eterno. Hablando en serio, ¿la falta de sueño puede matarte?

Trinity se encoge de hombros.

—Pues vosotros os lo perdéis. Yo me las piro, vampiros.

Maritza alza la barbilla y la sigue, haciéndose la ofendida.

—Hasta luego, cretinos.

Empiezo a sudar otra vez. ¿Qué diablos me pasa?

* * *

Una vez en casa, me tumbo en la cama y cierro los ojos, pero la luz del sol es demasiado brillante, demasiado cegadora, y la ropa me incomoda y, para colmo, mis padres están chillando en la cocina. Bueno, para ser sincero, creo que están charlando con el mismo tono de voz de cada día, pero hoy estoy irascible.

—Tío, cálmate —le digo a mi habitación, en la que solo estoy yo, por supuesto. Albergo la esperanza de que mi cerebro obedezca y deje de mostrarme imágenes del episodio de anoche, de la pesadilla y de esa mano pálida agarrándome de la muñeca.

Pero mi estrategia no sirve de nada. Da igual que abra los ojos o que los cierre. Da igual que tenga agujetas en todos los músculos del cuerpo o que me duelan hasta las pestañas. La realidad sigue siendo la misma. Aaron y Mya han desaparecido y a nadie, salvo a mí, parece inquietarle o preocuparle lo suficiente como para tomar cartas en el asunto.

Intento saltarme la cena argumentando que no me encuentro muy bien. Mamá me palpa la frente y se da cuenta de que estoy mintiendo, así que decido seguir un plan alternativo, que consiste en cenar lo más rápido posible para poder encerrarme otra vez en mi habitación.

La mayoría de adolescentes normales tiene padres normales que les hacen preguntas normales cuando vuelven a casa del instituto, preguntas del tipo: «¿Cómo te ha ido el día?», o: «¿Has hecho algún amigo nuevo?». Pero desde que nos mudamos a Raven Brooks, mis padres nunca están en casa cuando llego del instituto, así que me someten a un interrogatorio de tercer grado mientras comemos pimientos rellenos de carne y ensalada de lentejas.

Y, como estamos a años luz de ser una familia normal, nuestra conversación es algo parecido a lo siguiente:

ESCENA:

Número 909 de la calle Jardín encantador — Por la noche.

La familia Roth: Nicky Roth (12), un bicho raro y el humanoide más torpe del mundo mundial; Luanne Roth (41), la madre más lista e inteligente sobre la faz de la Tierra; y Jay Roth (42), un periodista al que le apasiona la música educativa y los productos de Hostess®. Están a punto de empezar a cenar.

Luanne
¿En qué asignatura te lo has pasado mejor hoy?

Nicky
Eh… ¿En Ciencias Sociales?

Luanne

¿Es una pregunta?

Nicky

En Ciencias Sociales.

Luanne

(mientras corta un pimiento relleno)

¡Oh, qué bien! ¿Y por qué te lo has pasado tan bien en Ciencias Sociales hoy?

Nicky

(mientras se estruja los sesos tratando de encontrar una forma de hacer que la ensalada de lentejas no le resulte tan asquerosa)

Supongo que… por eso de las propuestas legislativas.

Jay

¿Podrías ser un poco más específico, por favor?

Nicky

La unidad aborda las propuestas legislativas.

Jay

Ya. ¿Propuestas legislativas? ¿Te refieres a los documentos que después se convierten en leyes?

Nicky

Sí, propuestas y leyes.

Luanne

Nicky, ¿en serio me vas a hacer sacar la ruleta?

Nicky

(recordando el «juego» que Luanne inventó cuando era un niño; arrancó la aguja giratoria de la vieja caja del Twister y utilizó cinta adhesiva para pegar etiquetas con distintas palabras, como «¿Por qué?», o «¿Cómo?», o «¡Cuéntame más!». Quería que hablar del colegio fuese algo divertido, y apostó por hacerlo así)

¡No! No saques la ruleta. La unidad va sobre cómo se redactan las propuestas legislativas, quién las escribe y cómo se aprueban o rechazan, ejem, en el Congreso antes de que sean leyes.

Jay

Pues creo que...

Luanne

Jay, no.

Jay

¿No qué?

Luanne

No cantes la canción de *Barrio Sésamo*.

Jay

No pensaba hacerlo. De hecho, iba a decir que una vez conocí a una mujer que se llamaba Propuesta.

(Luanne y Nicky se quedan mirando a Jay con cara de pocos amigos.)

Jay

Y a la tal Propuesta le encantaban las puestas de sol.

Luanne

Jay, para.

Nicky

Papá, por favor.

Jay

Lo siento.

Luanne

¿Sabías que tu tío Saul fue congresista?

El tío Saul fue, sin lugar a dudas, la persona más desgraciada que jamás he conocido. Tenía un profundo surco en el entrecejo, como si ya hubiera nacido frunciendo el ceño. Mi padre solía llamarlo la «Línea de la Decepción». El único momento en que esa muesca se difuminaba un poco era cuando miraba un partido de béisbol. Era un fiel seguidor de los Chicago Cubs y jamás se perdía un partido. Sin embargo, era un equipo malísimo, así que le daba más disgustos que alegrías.

Jay

Y haber formado parte del consejo estudiantil siempre queda bien en una solicitud universitaria.

Últimamente les ha dado por ahí. Después de comentar las batallitas laborales del día y de discutir sobre si deberíamos cambiar la caldera del agua o esperar un poquito más, siempre volvemos a lo mismo. Por lo visto, mis padres están convencidos de que no muestro interés por nada. Saben que me gusta «trastear» con artilugios («trastear» sería la palabra que ellos utilizarían, no yo, por supuesto), y supongo que creen que doce años y medio es la edad perfecta para empezar a decidir mi carrera profesional. Sus propuestas son muy, muy sutiles, casi tanto como cuando mamá guiña un ojo, que parece que esté convulsionando.

Después de que mamá termine su pimiento relleno y de que papá y yo hayamos repartido el contenido por todo el plato para que parezca que al menos lo hemos probado, papá me hace señas para que le ayude a fregar los platos. Y, a hurtadillas, se dirige hacia la despensa, donde guarda su tesoro más preciado. Esta noche tocan Twinkies. Está dándole vueltas a algún tema.

Y yo también, así que cojo dos. Mis padres ni siquiera pestañean, así que deduzco que están distraídos con alguna otra cosa.

Mamá empieza a hablar. Enseguida me doy cuenta de que la conversación no tiene nada que ver conmigo.

—Así que no piensa bajarse del burro, ¿eh?

Papá sacude la cabeza y clava la mirada en su Twinkie.

—Qué va. Es más terco que una mula, y todo el mundo lo sabe. Según él, es algo hereditario y está en el ADN de todos los Espósito. Reconozco que un buen director editorial debe ser tenaz y quizá un poquito testarudo, excepto…

—Excepto cuando no estás de acuerdo con él —termina mamá.

No me dejan otra opción que utilizar mis increíbles poderes de deducción para averiguar de qué están hablando. Aunque, para ser sincero, no me cuesta adivinarlo. Están charlando del trabajo de papá, el tema estrella de esta semana. Por lo visto, el padre de Enzo se ha empecinado en que mi padre investigue una historia que él preferiría no escribir, lo cual me extraña bastante porque siempre coinciden en la temática de los artículos que papá redacta. De hecho, coinciden en casi todo.

—Tal vez tanta insistencia signifique que hay algo ahí —propone mamá, que ni se atreve a mirarle a los ojos.

—Oh, ¿en serio? ¿Tú también? —replica papá, y, por los Sagrados Alienígenas, juro que le veo perder todo el interés en su Twinkie. Sí, eso mismo, ha perdido todo el interés. Se revuelve en su asiento y mira a mamá a los ojos.

—Lu, ese hombre acaba de enterrar a su esposa. Y, por lo que sabemos, ha perdido la custodia de sus hijos. ¿Y si nos equivocamos? ¿Y si no estamos en lo cierto? Le arruinaríamos la vida.

—Objetivamente hablando, debes admitir que todavía hay un montón de preguntas sin responder. No me malinterpretes, pero es demasiada coincidencia que ese tipo lleve tres años sin…

—¿Sin qué? ¿Sin trabajar? —le interrumpe papá, que tiene la cara tan roja que parece que le vaya a explotar.

—Cariño, no quería decir eso.

—Porque si vamos a perseguir y a acosar a ciudadanos que, por la razón que sea, no pueden mantener un trabajo estable, estamos en un dilema moral, ¿no te parece? —espeta papá, y mamá se acerca y le acaricia la mano.

—Jay, no te lo tomes así porque no iba por ahí. Tan solo digo que ni siquiera le interrogaron para que explicara algunos… incidentes.

—Sé que estáis hablando del señor Peterson —digo.

Pensaba que estaban hablando en voz baja y evitando ciertas palabras porque creían que estaba escuchando la conversación, pero al ver que se giran y me miran con los ojos como platos, me doy cuenta de que se habían olvidado por completo de que su hijo seguía ahí sentado.

—No ha perdido la custodia —continúo. Por fin ha llegado. Por fin ha llegado el momento que tanto tiempo llevaba esperando: mis padres tienen toda su atención fijada en mí y están deseando escuchar lo que tengo que contarles sobre el señor Peterson y sobre Aaron y Mya.

—Narf, lo siento —dice papá—. No deberíamos hablar de este tema delante de ti. Miguel es el padre de tu amigo. Y lo último que querría es que te sintieras entre la espada y la pared.

—No tienes ni idea —murmuro. Mamá ha oído el comentario y parece preocupada.

—¿Qué quieres decir? —pregunta.

—Es solo que… da igual, ese no es el tema. El tema es que…

—¿Te has discutido con Enzo? ¿Os habéis enfadado? ¿Lo ves? Lo sabía. Sabía que este asunto iba a acabar salpicando a los chicos —comenta mamá, que está a punto de perder los nervios. Y, una vez más, parecen haber olvidado que yo también estoy en la misma habitación.

—No mezclemos temas, por favor. ¿Te importaría solucionar una crisis antes de empezar otra? —ruega papá, y, con aire distraído, abre el Twinkie y le da un buen bocado.

—No me estáis escuchando —protesto; hablo en voz baja porque sé que discutir con mis padres no solo es una absoluta y total pérdida de tiempo, sino que además resulta agotador.

—¿Crisis? ¿Sabes lo que de verdad va a ser una crisis con todas las letras? —dice mamá, que está lista para el ataque. Se inclina hacia papá y él pone los ojos en blanco, señal de que se rinde—. EarthPro está a punto de financiar un laboratorio químico nuevo en la universidad. Si Raven Brooks no aprueba la compra de los terrenos de Manzana Dorada, tardaremos años en encontrar otro inversor.

—Entonces, ¡problema solucionado! —suspira papá, exasperado—. Dejaré a un lado mi integridad profesional para que así tú puedas disfrutar de un laboratorio nuevo.

—La cena estaba deliciosa —digo, y me pongo de pie.

—Y yo pensando que me ibas a sermonear para que me compadeciera de Brenda Yi —añade papá.

—¿Sermonearte? No, no tengo ninguna intención de sermonearte, aunque teniendo en cuenta que fue su hija la que murió en el accidente, considero que se merece que la escuchemos y tengamos más en cuenta su opinión que la de tu amiguito, el que vive justo al otro lado de la calle.

—¿Mi amiguito? —dice papá, y suelta una carcajada, pero en su voz no se percibe ni una nota de humor.

—Y el postre —prosigo, acariciándome la panza— estaba divino. Esta vez, los de Hostess® se han superado.

—Es solo que no entiendo de dónde ha salido ese repentino amor fraternal que sientes por ese tipo —responde mamá—. ¡Si ni siquiera lo conoces!

—¡Tienes razón! No lo conozco. Me pregunto de quién debe ser la culpa…

—¿Necesitas que te refresque la memoria? Esa familia me dio mala espina desde el primer día, pero tú tampoco te quejaste y no moviste un dedo por intentar conocerlos —contesta mamá, claramente molesta.

—Me encantaría quedarme aquí charlando con vosotros, pero los deberes no se hacen solos —murmuro, y me escabullo hacia la escalera.

Lo último que oigo es un reproche de mamá. Le ha soltado que es un sensiblero, o algo así. Pero papá no se ha quedado callado y le ha contestado que es más tozuda que su madre. Y, llegados a ese punto, creo que lo mejor es que entre en mi habitación y cierre la puerta.

En realidad, no tengo deberes. He aprovechado la última hora de clase para terminar todo lo que tenía pendiente: los ejercicios de biología, los problemas de matemáticas y los análisis sintácticos de lengua. Y fue entonces cuando me distraje con una mosca. Sí, con una mosca que se estrelló contra el cristal de la ventana tratando de salir del aula. Y justo cuando estaba a punto de compadecerme de la pobre mosca, sonó el timbre.

Las cenas en familia no suelen ser tan tensas. Es por todo el asunto de EarthPro, y de la eterna disputa por los terrenos sobre los que todavía se mantienen en pie las ruinas del imperio de Manzana Dorada. Esa tierra es como una herida que nunca llegó a cicatrizar del todo. Y ahora, de la noche a la mañana, el banco quiere venderla, y todo el mundo está hurgando en la herida para volverla a abrir. De hecho, me jugaría el pellejo a que esta semana, después del anuncio del Ayuntamiento, más de una familia ha debatido sobre el tema mientras se zampaba una bandeja de pimientos rellenos.

Busco quehaceres para entretenerme el resto de la noche: desmonto y vuelvo a montar un viejo receptor de radio, después hago unos ajustes en el enfoque de mi *prismatiscopio*, una ingeniosa combinación de unos prismáticos y un periscopio que pretendo patentar algún día. Incluso recojo toda la ropa sucia que tengo repartida por los rincones de mi habitación; rescato calcetines y camisetas y ropa interior de detrás de la estantería, de al lado del armario, de encima de la lámpara.

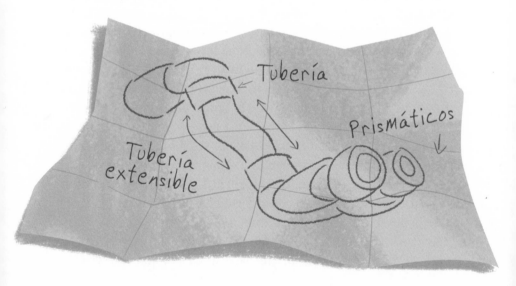

Cuando meto la mano debajo de la cama y palpo el suelo, toco algo frío y metálico con los nudillos: una caja de hojalata que hace tres meses que no abro porque no tengo el valor suficiente para desenterrar los recuerdos ahí guardados. Y, sin querer, vuelvo al mismo punto muerto de cada noche.

Me asomo al pasillo porque quiero comprobar que mis padres han firmado una tregua, al menos por esta noche. En cuanto oigo ronquidos, enciendo la lámpara del escritorio y saco el archivador. Esos recortes de periódicos arrugados y esos patrones de color me tranquilizan, me reconfortan. Lo sé, es muy raro. Pasados unos minutos, noto que los párpados empiezan a pesarme y que el cansancio está afectando mi visión, así que me arrastro hasta la cama, esta vez convencido de que podré conciliar el sueño. El cuerpo humano no fue creado para estar despierto tantas horas; en un momento u otro, se derrumba, y ese momento, por fin, ha llegado.

Estoy a punto de quedarme frito. Trato de enmudecer esa irritante y molesta vocecita que me repite una y otra vez que la línea que separa la devoción y la obsesión es muy, muy fina.

Antes de caer rendido, pienso en el señor Peterson, en su mente perturbada, en su comportamiento trastornado y en si, antes de convertirse en ese monstruo, también tenía un elemento secreto que le tranquilizase y reconfortase, como un archivador con códigos de color y lleno de teorías que solo él conocía.

Capítulo 3

P apá está caminando pasillo arriba, pasillo abajo. Lo sé porque oigo las pisadas con perfecta claridad. Siempre que intenta anudarse la pajarita, se pone a dar vueltas por casa como un loco.

—Por encima, después por debajo, después por dentro, o por encima, después por dentro… Lu, ¿es por debajo y después por dentro, o por encima?

—¡Por encima, por debajo, por dentro! —grita mamá desde el cuarto de baño.

Mi padre está hecho un manojo de nervios. De hecho, mamá también parece nerviosa. Oigo un constante tintineo metálico y sé que es porque le cuesta decidir qué brocha de maquillaje debe utilizar. La universidad organizó una gala para recaudar fondos a principios de curso y, si la memoria no me falla, ninguno de los dos estaba tenso o preocupado al respecto. Por lo visto, la fiesta de esta noche puede marcar un antes y un después en la historia de la universidad. Sí, hay mucho en juego. Un pez gordo de EarthPro ha confirmado su asistencia a la gala y todo el mundo quiere impresionarle. Creen que, si le gusta la fiesta que han organizado, les arrojará cubos llenos de dinero para que así puedan construir su nuevo laboratorio de química.

—Ocho menos diez —anuncia papá.

—Sí, tienes razón. Podría ir descalza, pero creo que levantaría las sospechas de mis compañeros, ¿no te parece?

—Esos zapatos te quedan bien.

—Me hacen parecer bajita.

—Eres bajita.

—Pues ¡tú más!

Me asomo por la puerta de mi habitación y, por fin, oigo las risitas que tanto he echado de menos. Mamá se cubre la boca con las manos en un intento de disimular, pero ya es tarde porque papá ya se ha dado cuenta de que se ha reído. Y, cuando llegan a este punto de la discusión, son incapaces de seguir enfadados.

Mamá alza las manos, imitando el inconfundible gesto de rendición, y baja los peldaños de la escalera a toda prisa. Papá sale disparado tras ella, pero me ve observándole desde mi habitación.

—Sé que estamos abandonándote, pero tranquilo, solo será un par de horas. A menos que tu madre empiece a explicar chistes, claro. En ese caso tardaremos un poco más.

Y, de repente, su expresión se torna seria, muy seria. Odio que haga eso. Sé que está preocupado, más que antes de mudarnos a Raven Brooks, más que antes de cualquier otra mudanza, y eso que nos hemos trasladado trillones de veces. Mi padre cree que el tema de Aaron y Mya me tiene intranquilo, alterado. Pero ni por casualidad se imagina hasta qué punto.

—No tenemos por qué ir —dice. Creo que una parte de él está tratando de buscar una excusa para quedarse en casa.

—Estoy bien.

—Narf, tu madre está preocupada. Jamás lo admitirá, ya la conoces. Prefiere jugar el papel de madre molona, pero está muy preocupada —dice. Está claro que va al grano—. Sé que has estado… vigilando. Que llevas meses observando la casa de enfrente.

—Yo no he…

Pero papá no me deja continuar.

—No pasa nada —dice, y después se aclara la garganta—. Bueno, sí pasa. Es de fisgones. Y es un poco extraño, rozando lo escalofriante. Pero entiendo por qué lo haces. Has perdido a uno de tus mejores amigos, y eso es un golpe muy fuerte.

Siento un calor abrasador en el pecho, en el cuello, en la cara. Estoy tratando de asimilar que mi padre, una persona que apenas me conoce, me ha descubierto. Es imposible que haya encontrado el archivador. Mi padre jamás hurgaría entre mis cosas. Además, ¿quién buscaría un cajón con fondo falso en el escritorio de un chaval de doce años?

—Relájate, Narf —dice, pero no tiene ni la más remota idea de lo que me está pidiendo. Eso sería una proeza—. No voy a confiscarte los prismáticos.

El sofoco que amenazaba con asfixiarme empieza a desaparecer en cuanto entiendo lo que ha ocurrido. Mi padre ha encontrado mi última obra maestra, el *prismatiscopio*.

—No son unos prismáticos cualquiera. Son mucho más que eso —digo.

—Y no esperaba menos de ti —responde él, y me parece percibir una nota de orgullo en su voz—. De todas formas, puedes quedártelos —insiste, y tira de la pajarita hasta que queda totalmente torcida—. Lo único que te pido es que no los utilices para espiar a los vecinos —añade—. Ni siquiera al señor Peterson. ¿Me lo prometes?

Asiento con la cabeza para no mentirle tan directa y descaradamente. Me alborota el pelo, me advierte que me vaya a dormir a una hora decente y se marcha por donde ha venido. Ese último comentario me hace pensar que no piensan volver a casa hasta muy, muy tarde.

Espero a que las luces traseras del coche desaparezcan al doblar la esquina y decido esperar un poquito más para estar del todo seguro.

Mamá y papá jamás me han prohibido ir a la fábrica Manzana Dorada o al parque de atracciones. No lo hicieron después del incidente en la tienda de la señora Tillman, ni tampoco cuando se enteraron de que Aaron había desaparecido de este planeta así, de la noche a la mañana, como por arte de magia. Y no es de extrañar porque nunca les confesé que solía pulular por esos lugares abandonados y ruinosos solo, o acompañado, a plena luz del día, o a altas horas de la madrugada. Aun así quiero recalcar que siempre obedezco las normas y las cumplo a rajatabla.

El caso es que jamás me han dicho que no vaya, por lo que supongo que no es zona restringida, al menos de momento.

Para ser sincero, no he querido volver a poner un pie en esa fábrica desde que encontré la famosa cinta de VHS de *Colmillo 3*. Todavía no he sido capaz de borrar ese recuerdo de mi memoria. Tras los créditos de la película aparecía una serie de escenas con la familia Peterson como protagonista. El padre de Aaron se había convertido en una persona totalmente distinta, y su esposa e hijos lo sabían. Y vaya si lo sabían. Imagino que para ellos fue como si un desconocido se apropiara del cuerpo de su padre.

Sin embargo, últimamente siento que tengo que volver ahí. Quizá sea por mi curiosidad. Me encantaría averiguar dónde va el señor Peterson cuando sale de casa. Debo admitir que tengo mis sospechas; presiento que, cuando cree que nadie le ve, sale de su madriguera para visitar las ruinas de lo que un día fue su obra maestra. ¿El motivo? Tan solo un chiflado como él podría saberlo. O quizá sea porque todavía albergo la esperanza de que allí encontraré a Aaron, sentado en el Despacho, hurgando en un cajón en busca de algo para picar, o a Mya, montada en uno de los animales salvajes oxidados del carrusel, esperando a que adivine de una vez por todas lo que quería decirme esa noche.

Salgo de entre la maleza que ha empezado a tragarse el caminito de madera que conduce hasta la vía del tren y, de repente, advierto algo distinto, algo que rodea y cerca la fábrica Manzana Dorada: una alambrada.

Me planto frente a esa valla como si fuese la primera vez que veo una en mi vida.

—¿De dónde has salido? —le pregunto, y juro por los Sagrados Alienígenas que espero una respuesta en voz alta. Que esa valla respondiera a mi pregunta sería menos descabellado que lo ocurrido en ese lugar, el lugar secreto de Aaron: no puedo creer que se haya vuelto totalmente inaccesible.

Repaso el alambrado de arriba abajo y advierto unas espirales de concertina que cubren la parte superior de la verja, varios carteles amarillos repartidos por todo el alambrado con una advertencia en letras rojas bien clara, «NO PASAR», y con el dibujo de un muñeco de palo que intenta trepar por la verja tachado con una X enorme y negra encima del gráfico, por si el cartel no fuese lo bastante explícito. La frase que acompaña el dibujo está escrita en letra pequeña, aunque no por eso es menos estricta o autoritaria.

De repente, tengo la sensación de que hacía años, o incluso décadas, que no ponía un pie ahí.

De repente, tengo la sensación de que ha pasado un siglo desde que Aaron y Mya desaparecieron.

Siento una opresión en el pecho que me ahoga, que me asfixia. Es la culpabilidad. Clavo la mirada en el dibujo del muñeco tachado y admito la triste y cruda realidad: he decepcionado a Aaron.

«¿Tanto te cuesta encontrarme? —me parece oírle decir—. A lo mejor lo más fácil sea olvidarme, igual que hizo Enzo.»

En un arrebato de valentía e intrepidez, empiezo a sopesar las distintas maneras de escalar esa valla. No quiero violar una propiedad privada, pero sí quiero recordarles a ese estúpido alambrado y al muñeco tachado y a los trabajadores trajeados del Banco Municipal de Raven Brooks a quién pertenecía esa fábrica antes de que decidieran apropiársela y declararla como suya y solo suya.

Y en ese preciso instante advierto una lucecita roja parpadeante en la esquina del alambrado, justo en la unión de dos espirales de concertina. Hay que reconocer que está bien escondida. Un ojo redondo sigue todos y cada uno de mis movimientos con una precisión mecánica. Ya me imagino teniendo que dar explicaciones sobre la grabación de la cámara de seguridad a mis padres y, en seis meses, prestando declaración ante un agente policial. Así que no me queda más remedio que admitir la derrota. Me hierve la sangre cada vez que pienso en que EarthPro va a saquear la fábrica y va a robar todas las cerraduras y todos los candados, la cinta transportadora y los armarios llenos de bolsas de patatas mientras los trabajadores se parten de risa porque les resulta muy gracioso todo lo que unos críos estúpidos guardaban ahí antes de que los adultos se interpusieran y les prohibieran volver a jugar en ese sitio.

Si hubiera pasado por ahí antes, tal vez podría haber salvado parte de nuestro botín, de nuestro tesoro.

Me rindo. Dejo que la culpa, la vergüenza y la ira se apoderen de mí y, como alma en pena, sigo la alambrada. El pantalón se me engancha entre las zarzas y tropiezo con las antiguas vías de tren. Después de haber andado por lo menos diez minutos, me doy cuenta de que voy en sentido equivocado. Y es entonces cuando comprendo por qué he estado a punto de caer de bruces sobre la vía del tren; porque he girado hacia la derecha cuando tenía que haber girado hacia la izquierda. El caminito de madera que atraviesa el bosque y me lleva hasta casa está detrás de mí. Una vez más, estoy delante del parque de atracciones.

—Ten cuidado, Narf —me advierto a mí mismo—. El primer síntoma de que has perdido un tornillo es vagar sin rumbo fijo. —Hago una pausa, y después añado—: El segundo es hablar solo.

Esta parte del bosque, la que rodea el parque temático, está aún más abandonada, más dejada de la mano de Dios que el resto. Me abro camino entre una maraña de matorrales y, como era de esperar, los tentáculos pegajosos de una zarzamora se aferran a mis pantalones, los atraviesan y me dejan un profundo arañazo en la espinilla.

Sin embargo, apenas noto el escozor de los rasguños porque todos mis sentidos están puestos en lo que tengo ante mis narices. Una especie de lona que, desde luego, no debería estar ahí. Atada a los troncos de dos árboles y escondida entre la maleza y los árboles y arbustos que hace años que no se podan y se arreglan hay una tela de color beis. Permanece inmóvil, pues esta noche no corre ni una suave brisa.

Paro en seco y mi mente empieza a proyectar escenas de películas de miedo. Debajo de esa lona podría esconderse cualquier psicópata. Un ermitaño loco que echaron a patadas de la fábrica cuando descubrieron que solía guarecerse ahí. O un vagabundo desafortunado que detesta a los empollones de doce años. O un carnicero maníaco al que solo le queda un diente destripando una oveja.

Quiero dar media vuelta y largarme de ahí lo antes posible, pero se me ha quedado el pie enredado en las zarzas. Y, mientras intento zafarme, un repentino soplo de viento levanta la lona lo justo y necesario para que pueda echar un vistazo a lo que esconde en su interior. Por suerte, no hay ninguna amenaza visible, ni ningún monstruo sobrenatural merodeando por ahí. Tan solo… papeles.

Por fin consigo sacar el pie de la trampa; me acerco a la lona, la retiro y asomo la cabeza por la apertura que, en algún momento, hizo las veces de puerta, o algo así.

No sé en qué estaba pensando cuando he salido de casa. ¿Cómo he podido olvidar traer la linterna? Supongo que estaba convencido de que encontraría el camino a la fábrica sin problemas. Entorno los ojos para intentar ver lo que tengo delante.

Y lo que veo me pilla totalmente por sorpresa. Estoy frente a una colección de dibujos impresionante. Jamás había visto unos dibujos tan impactantes y espectaculares.

Sin embargo, no los describiría como bonitos. Son oscuros e inquietantes, más bien sombríos y siniestros, con manchas de carboncillo en todos los bordes de las páginas y láminas. Debe de haber al menos cien dibujos garabateados en papeles de estraza, como los que se utilizan en las carnicerías, y cada uno retrata una atracción de feria distinta, algunas de un tamaño descomunal, otras con líneas demasiado sinuosas, con curvas demasiado pronunciadas como para existir en la vida real y con ascensos que sobrepasan las nubes. Un dibujo en particular representa una noria de unas proporciones épicas; de hecho, la noria forma parte de una atracción mucho más grande que, a simple vista, parece el interior de un reloj. Otro muestra un carrusel con animales vivos, encadenados a las varas metálicas, algunos encabritados y otros agazapados como si fueran a atacar al primero que se les acerque. En otro se ve una montaña rusa imposible; las vías ascienden en espiral hacia el cielo y dibujan la forma de una cadena de ADN.

37

Y entonces reparo en un detalle que se me había pasado por alto. Alrededor de las atracciones, repartidas por el paisaje, hay varias personas dibujadas. Son diminutas comparadas con el tamaño de las atracciones.

No puedo despegar la vista de esas personitas. Hay algo en ellas que me inquieta, pero no sé el qué. Me acerco un poco más a los bocetos pintados sobre el papel de estraza y me percato de que el artista de todas esas obras de arte también dibujó las expresiones de sus rostros. Todos los asistentes al parque tienen la cara desencajada y parecen aterrorizados por el espectáculo que están presenciando. Tienen las manos cerradas en puños y las piernas torcidas, como si estuviesen a punto de desplomarse sobre el suelo.

Lo que podría haber sido una escena de película, con atracciones increíbles e inconcebibles para la mente humana, se ha convertido en un paisaje desolador y lleno de miedo.

Rodeo la lona sin apartar los ojos de la escena que ha creado el artista y, sin querer, doy una patada a una cajita metálica llena de lápices y un sacapuntas. Junto a la caja hay una botella de agua, una radio portátil, un paquete de galletas saladas empezado y una caja llena de papel vegetal.

Es el estudio improvisado de un artista.

—Pero ¿de quién? —suspiro, incapaz de apartar los ojos de la escena que acabo de destapar. Esa colección de dibujos y bocetos me recuerda a algo que he visto antes, pero la minuciosidad y el detalle con los que están retratadas esas expresiones...

De repente, empiezo a oír una especie de tamborileo sobre el toldo de lona. Y, a medida que pasan los segundos, el golpeteo se va volviendo más ruidoso. Miro hacia arriba y veo una serie de puntos oscuros sobre la tela. Perfecto, ha empezado a llover.

Quiero quedarme para seguir con mis pesquisas, pero en Raven Brooks las tormentas no escampan en un pispás. Suelen aparecer cuando menos te lo esperas pero tardan varias horas en desaparecer.

Y, en ese preciso instante, un relámpago ilumina el cielo, el bosque y la tienda de campaña. Durante una milésima de segundo el paisaje parece cobrar vida. Y justo después un trueno ensordecedor sacude todas las hojas.

Respiro hondo y me preparo mentalmente para el arduo y largo camino que me espera hasta casa. Otro relámpago cegador alumbra el cielo y esta vez advierto una sombra detrás de la lona del fondo. Es la inconfundible silueta de una persona.

Retumban varios truenos; es la oportunidad perfecta para escapar corriendo de ahí, pero me he quedado paralizado.

Un tercer destello de luz y, una vez más, la sombra acechante de una persona tras la lona.

«¡Corre! Pero ¿se puede saber qué diablos te pasa? ¡Corre!»

La tormenta sigue su curso, ajena a todo lo que está ocurriendo en ese rincón del bosque. Una nueva explosión de truenos seguida también de una última descarga eléctrica. La figura que se cierne tras la lona sigue ahí, inmóvil. Si realmente es el refugio de un indigente, ¿por qué no me dice nada, por qué se queda ahí quieto, esperando a que me marche?

Recupero el sentido común y empiezo a mover los pies. Sí, gracias a Dios no he olvidado cómo se camina. Con mucho cuidado, salgo de esa caseta y aprovecho la luz que emiten los relámpagos para guiarme y salir de ese escondite. Por suerte, la tormenta no cesa y el estruendo de los truenos no me permite oír esa vocecita que no deja de repetirme a gritos que la excursión de esta noche ha sido una idea pésima.

Y justo cuando doblo la esquina y me escabullo hacia la parte trasera de esa caseta, una ráfaga de rayos y truenos rompe el cielo en mil pedazos y, en lugar de saltar hacia atrás, salto hacia delante, hacia esa silueta imponente y aterradora.

41

El estruendo se traga mi chillido, pero los destellos de luz me permiten encajar las piezas de ese incomprensible rompecabezas.

Se trata de un cuerpo larguirucho con brazos articulados. No tiene piernas, sino una vara con cuatro ruedecitas. Y una cabeza anónima, sin cara. Es un maniquí robotizado espeluznante.

Y algo más. Un pequeño detalle sin importancia. Un detalle que, sin embargo, acaba convenciéndome de que tengo que huir de ahí por patas, y rápido: las manos que están unidas a esos brazos articulados están atadas tras el maniquí con cinta aislante.

Me doy la vuelta y salgo de ahí a toda prisa. Las zarzas y los espinos se clavan en la tela de mis pantalones, pero tiro con todas mis fuerzas y logro zafarme de ellos. Sigo avanzando a trompicones, apartando a manotazos las ramas que se interponen en mi camino. Tropiezo hasta dos veces con raíces de árboles que sobresalen del suelo, pero ni siquiera noto los golpes. Supongo que debe de ser la adrenalina. Corro todo lo rápido que me permiten las piernas. Tengo la cara empapada por la lluvia. Siento que los pulmones están a punto de explotar y las piernas me tiemblan, pero, aun así, sigo corriendo, ganando velocidad y perdiendo coraje.

He logrado atravesar el bosque sano y salvo y por fin he llegado a las calles asfaltadas de la zona residencial que se extiende a las afueras de la ciudad, pero no pienso parar de correr. Ahí está, el letrero de mármol que indica el nombre de mi calle, Jardín encantador. Y es entonces cuando dejo de trotar como un caballo desbocado. Camino hacia el porche, jadeando y casi sin aliento. La tormenta está amainando y ahora el retumbar de los truenos se oye a lo lejos. Abro la puerta, pero la casa está sumida en un silencio sepulcral.

—¿Mamá? ¿Papá?

No hay ninguna luz encendida, por lo que intuyo que todavía no han llegado a casa. Compruebo la hora. Todavía no son las diez de la noche. Solo he estado fuera de casa dos horas y pico.

Decido darme una ducha para tratar de tranquilizarme y de calmar los nervios. El vapor siempre me ayuda a respirar mejor y el jabón limpiará y desinfectará los arañazos que me han dejado las zarzas en las piernas. Intento no pensar en el hallazgo de esta noche, en ese improvisado estudio, en su propietario, en por qué todas esas personitas parecían tan asustadas, en qué hacía ahí ese dichoso maniquí robotizado. Quiero pensar que es casualidad, cuestión de azar.

Me tumbo en la cama, me cubro con las mantas y me concentro en el tictac del reloj y en la promesa de mis padres al despedirse. Me han asegurado que volverían pronto a casa. Pero no consigo borrar de mi mente las expresiones de terror y pánico de la gente que se agolpaba alrededor de las atracciones dibujadas en esas hojas de papel, ni la imagen del maniquí maniatado, ni la extraña y peculiar familiaridad de toda la escena.

Porque juraría haber visto esas atracciones imposibles y horribles antes. Porque pondría la mano en el fuego de que he visto esos brazos articulados en algún lugar. Y, aunque no logro explicarme por qué, estoy convencido de que lo que he encontrado detrás de la vieja fábrica Manzana Dorada está relacionado con Aaron y con Mya.

Capítulo 4

Al principio creo que, por fin, voy a poder disfrutar de un sueño agradable y reconfortante. Noto el calor de los rayos de sol sobre los hombros y la caricia de una suave brisa en la nuca. Ese ambiente tan apacible, con el brillo y la calidez del sol y esa brisa tan deliciosa, hace que sienta un hormigueo por la espalda. Cierro los ojos y me imagino que es una tarde de verano perfecta.

Y empiezo a moverme. Abro los ojos, echo un vistazo a mis pies y me doy cuenta de que están entre las sombras que proyecta lo que sea sobre lo que estoy sentado.

Lo que segundos antes era una suave brisa se transforma en un viento huracanado y, de repente, la luz del sol se vuelve cegadora y el calor, bochornoso, insoportable, claustrofóbico. Miro hacia arriba y veo manchas blancas a mi alrededor. Son nubes. Miro hacia abajo, pero no logro encontrar el suelo. Estoy sentado sobre las frías e irrompibles barras metálicas de un carrito de la compra. Una barra más gruesa que las demás me presiona el regazo y me inmoviliza las piernas.

Ahora avanzo más rápido, inclinado hacia atrás. Lo que tengo justo delante me revuelve las tripas: unos raíles de madera que ascienden hacia esa bóveda de nubes. La cuesta es tan empinada que parece una línea recta, pero el carrito sigue rodando por esos raíles, ascendiendo hacia un cielo invisible. Cuando llego a la cúspide del bucle, me armo de valor y miro a mi alrededor. Y es en ese momento cuando descubro que no estoy solo en el vagón. Ahí, con su rostro vacío y las manos atadas, está el maniquí de anoche, inmóvil en su asiento, esperando el mismo descenso en picado que yo.

Suelto un grito en cuanto noto que el vagón bascula hacia delante. La maldita barra metálica apenas me sujeta en el asiento y, tras un segundo de angustiosa espera, el vagón se desploma hacia el suelo. Se estrella contra la barrera de nubes, la atraviesa y, de golpe y porrazo, las ruedas chirrían y se salen de los raíles. La gravedad hace que la piel de la cara se me arrugue de tal manera que me da la impresión de que alguien está arrancándomela. Me aferro a la barra metálica porque sé que mi vida depende de ella y, de repente, mi cuerpo sale disparado, así que me agarro a la barra todavía con más fuerza.

Vislumbro el suelo. Cada vez está más y más cerca. Y me estoy precipitando muy rápido. Si no quiero acabar estampado contra el suelo, debo hacer algo, y debo hacerlo ya. Busco algo a lo que sostenerme, algo que amortigüe el golpe, pero no encuentro nada. Me rindo. Me resigno. Sí, la caída es inevitable. Quizá entonces todo termine.

Quizá.

Ahora que puedo ver el suelo con perfecta claridad me doy cuenta de que hay más maniquíes robotizados, pululando por las tiendas, revoloteando por los puestecillos y visitando las casetas que forman parte de ese horripilante parque de atracciones. Las ruedecitas mueven sus cuerpos larguiruchos de una forma torpe e inestable. Avanzan bastante rápido, por lo que les cuesta una barbaridad mantener el equilibrio. El vagón está a punto de colisionar contra el suelo y, de pronto, con un movimiento mecánico, ese ejército de maniquíes levanta la cabeza y siento un latigazo en todo el cuerpo, probablemente por la velocidad.

Y en ese instante el maniquí que está sentado a mi lado, en el vagón, gira la cabeza poco a poco, como la niña del exorcista. El viento silba en mis oídos y las ruedecitas de los robots no dejan de chirriar mientras avanzan, pero aun así lo oigo: está gritando. Sí, está gritando. Está tratando de abrir una boca que ni siquiera existe.

* * *

Me despierto de un sobresalto y con un ardor insoportable en la garganta. Estrujo el colchón para convencerme de que estoy en mi casa, en mi cama, y, tras unos segundos de apretar con todas mis fuerzas, empiezo a notar calambres en los dedos. Sin embargo, todavía no me siento a salvo. El estómago sigue dándome vueltas como el tambor de una lavadora, como si estuviera aún montado en ese vagón demoníaco.

Los primeros rayos de sol se cuelan por las cortinas de mi habitación; pero el brillo es distinto al de la pesadilla y además oigo la voz de papá desde la cocina. Ahora sé que no corro peligro y por fin me atrevo a apartar las sábanas y salir de la cama.

Me duele todo el cuerpo. El ardor de la garganta no es nada comparado con el pinchazo que noto en un costado, a la altura de la cintura. Me levanto la camiseta para echar un vistazo y veo que tengo toda la zona irritada, como si hubiera estado toda la noche rascándome sin parar. Pero no solo eso, me retuerzo un poco y advierto unos arañazos bastante profundos. ¿Cómo me he hecho esas marcas? Palpo la camiseta y enseguida encuentro un pincho que sobresale de la costura. Lo arranco y lo tiro al suelo. Sin embargo, esa misteriosa astilla no explica las briznas de hierba que tengo entre los dedos de los pies.

—Pero ¿qué diablos…?

Tengo las plantas de los pies sucias y llenas de barro; me agacho para comprobar que no es un efecto óptico, que no son imaginaciones mías, y una hoja minúscula se desprende de mi pelo y cae flotando hasta el suelo.

Aunque es lo último que me apetece en ese momento, rememoro todo lo ocurrido la noche anterior. La tienda de lona, los esbozos de atracciones con personas diminutas dibujadas, el maniquí maniatado. La realidad ya es siniestra y espeluznante por sí misma, pero el sueño que me ha atormentado esta noche ha sido tan aterrador que todavía me tiemblan las manos.

Pero... ¿y las briznas de hierba? ¿Y la hoja? ¿Y la astilla?

«Ayer me duché antes de meterme en la cama.»

Bajo las escaleras arrastrando los pies y no puedo parar de rascarme el costado de la cintura. Papá sigue parloteando. Está al teléfono.

—No me malinterpretes. No quería decir eso. Miguel, por favor, escúchame. En ningún momento he dicho algo así.

Está en su despacho, al final del pasillo. Es una habitación bastante pequeña, sin ventana, ni ventilación. Cuando nos mudamos insistí bastante en que fuese mi habitación, pero mamá no dio su brazo a torcer, pues aseguraba que era una trampa mortal, sobre todo si se producía un incendio. Papá se entusiasmó al enterarse de que iba a adueñarse de ese cuarto diminuto donde podría encerrarse los días en que trabajaba desde casa y, desde la primera noche que pasamos en nuestro nuevo hogar, agradecí haber perdido esa batalla. La habitación es muy oscura y, por si fuese poco, el pasillo que conduce hacia ella no tiene ni una sola bombilla. Es como si alguien hubiera diseñado esa habitación solo y exclusivamente para asustar a cualquiera que se atreva a merodear por ese rincón oscuro de la casa.

«Aquí es donde enterraré los cadáveres», sentenció papá después de saber que sería el futuro amo y señor de esa habitación. Le encantan las películas antiguas de mafiosos. Sin embargo, después de la primera noche, empecé a sospechar que se arrepentía de haberse quedado con la habitación, sobre todo después de pillarle *in fraganti* robando una de las velas aromáticas de mamá. Le seguí a hurtadillas y le vi encenderla para atravesar el pasillo hasta el despacho. Lo primero que hizo al entrar fue encender la lamparilla del escritorio.

Sin embargo, no parecía asustado, sino más bien nervioso, tenso, alterado. Y, aunque resulte difícil de creer, también cansado.

—Mira, lo único que digo es que debemos tener en cuenta las consecuencias que puede conllevar escribir y publicar ese artículo. La gente de la ciudad ya ha empezado a tomar partido.

Y, acto seguido, oigo el inconfundible crujido del plástico. Apuesto a que está desenvolviendo un Ho Ho. Es muy pronto para un Ho Ho; de hecho, no son ni las ocho de la mañana, pero papá ya está estresado. Si se ha llevado un paquete de Ho Hos al despacho es porque debía de intuir que la conversación con el señor Espósito iba a ser muy, muy tensa.

—Sí, admito que en eso llevas razón. Pero también sé que Brenda Yi es una buena amiga tuya, y…

Papá suspira e intenta interrumpir el discurso del señor Espósito hasta en un par de ocasiones, pero parece ser que él no se lo permite. Me deslizo por el pasillo con sigilo para acercarme un poco más a su despacho. Oigo la voz del señor Espósito al otro lado del teléfono, aunque no necesito oír las palabras exactas para adivinar lo que está diciéndole a mi padre.

—Por supuesto que sí, pero ¡no podemos olvidarnos de la otra parte! —discute papá—. Me niego a tomar partido porque va en contra de mis principios profesionales. El juez encargado del caso jamás ha señalado al tipo como culpable, por lo que sugiero que llevemos a cabo una investigación muy minuciosa. De lo contrario, nos arriesgamos a manchar la reputación de un hombre que acaba de perder a toda su familia. ¡Le desprestigiaremos de por vida!

Siento náuseas. El señor Peterson acaba de perder a toda su familia. Lo ha dicho como si diera por sentado que Aaron y Mya están tan muertos y enterrados como la señora Peterson.

Muertos y enterrados.

—Seguiremos hablando cuando llegue —dice papá, y cuelga el teléfono con más fuerza de la necesaria.

Está arrugando el envoltorio del pastelito que acaba de zamparse y, de repente, sale de su cuchitril, dobla la esquina y se topa de cara conmigo.

—¡Por el amor de Dios, Narf! Si pretendías matarme de un susto, has estado a punto de conseguirlo. Que sepas que pienso desheredarte.

—Lo siento —murmuro, en parte por haberle asustado… y también por la acalorada discusión que acaba de tener.

Papá me da una palmadita en el hombro.

—Supongo que lo has oído todo.

Asiento con la cabeza.

—Entonces creo que debería ser yo quien se disculpara —dice—. Es solo que… nos está costando ponernos de acuerdo. Profesionalmente hablando, claro —añade, como si así le restara importancia al tema.

Entre nosotros, es una copia idéntica de la discusión que mantuvo con mamá ayer por la noche, salvo por un detalle que desconocía y que me ha pillado totalmente por sorpresa: no tenía ni idea de que el señor Espósito y la madre de Lucy Yi fuesen tan amigos. Una parte de mí se pregunta si la pena y el luto fue lo que les unió; la señora Yi había perdido a su hija y el señor Espósito, a su esposa. Enzo y Maritza no suelen hablar mucho de su madre, pero, por los pocos comentarios que han ido soltando con cuentagotas, sé que murió de cáncer y sé que eran demasiado pequeños y que apenas la recuerdan. La familia Espósito tiene expuesta una enorme fotografía de ella sobre la repisa de la chimenea, con un marco de plata. Era una mujer hermosa, desde luego, con una melena azabache, igual que la

49

de Maritza, y una sonrisa que, sin lugar a dudas, el señor Espósito todavía no ha sido capaz de olvidar.

Todo lo que sé sobre Brenda Yi es que es una mujer inteligente, como mi madre, y una abogada que jamás ha perdido un caso. El Ayuntamiento de Raven Brooks es su principal cliente y, por lo visto, lleva años dejándose la piel tratando de conseguir que derriben el parque de atracciones Manzana Dorada, algo que nadie sabía hasta que salió a la luz la contienda con la empresa EarthPro. En más de una ocasión he oído a la señora Tillman cuchicheando con sus clientes sobre el señor Yi. Según la información que ella asegura haber cotejado y corroborado, el accidente le dejó tan destrozado que tuvo que mudarse a Canadá, abandonando así a su esposa, a la ciudad de Raven Brooks y todos los recuerdos de su hija.

—¿Y qué importancia tiene que el señor Espósito sea amigo de la señora Yi? —le pregunto a papá mientras nos dirigimos hacia la cocina.

Papá se queda callado unos segundos y se sirve otra taza de café.

—No debería tenerla, la verdad —responde.

—Entonces, ¿crees que quiere que escribas un artículo cruel y mezquino sobre el señor Peterson solo porque está del lado de la señora Yi?

Papá se queda mirando su taza de café con el ceño fruncido.

—Dicho así, no parece tan complicado de entender —dice, y luego esboza una sonrisa.

—Tampoco estoy diciendo que sea inocente —añado y, de repente, la sonrisa de papá desaparece.

—El problema, Narf, es que deberíamos tener algo más que una sospecha para publicar un artículo sobre ese hombre.

—Así pues, solo necesitas una prueba —digo, y clavo la mirada en mis pies, que siguen sucios y embarrados y con hierbajos secos que asoman entre los dedos.

Toma un sorbo de café y me mira fijamente a los ojos.

—¿Alguna vez te he contado cómo supe que quería ser periodista? Niego con la cabeza.

—Un día estaba en el parque con mis amigos del colegio y vi que una familia se acercaba a un hombre bastante mayor que estaba paseando al perro. Pues bien, de repente el niño que iba con la familia llama al perro y este arranca a correr hacia él. Pasa olímpicamente del señor y va directo hacia el crío. Y justo después me doy cuenta de que detrás de la familia hay un tipo con un cuaderno de notas y otro con una cámara. Toda la familia posa para la fotografía y los reporteros empiezan a acribillarles a preguntas y a anotar las respuestas. Y luego todos se van.

—¿El anciano y el perro también se van con la familia? —pregunto.

—No, la familia se marcha con el perro y el reportero, y el anciano se queda sentado en un banco del parque.

—Espera, espera, ¿le robaron el perro?

Papá sonríe, pero la sonrisa es tan triste que ni siquiera se puede considerar una sonrisa.

—No, *recuperaron* a su perro. Me enteré por el periódico al día siguiente. Lo que ocurrió fue que la familia había perdido a su perro hacia cinco años, durante una tormenta. El pobre animal sobrevivió a la tormenta y el anciano, que era viudo, lo encontró, lo adoptó y lo cuidó durante esos cinco años.

—¿Y qué pasó luego? ¿Al anciano le concedieron derechos de visita o algo parecido?

—No tengo ni idea —responde papá.

—Pero a ver, me has dicho que era viudo, lo cual ya es bastante triste de por sí. Y después de cinco años compartiendo su vida con el perro que había rescatado, ¿se lo quitaron así, sin más?

Papá se encoge de hombros, pero en ningún momento aparta la mirada.

—¿Por eso nunca me habéis dejado tener un perro? —pregunto.

Agacha la mirada y utiliza *ese* tono de voz, el mismo que utiliza cuando se entera de que alguien ha fallecido o cuando le pide perdón a mamá.

—Por eso estudié periodismo. Porque ese día, en el parque, nadie hizo las preguntas que tú acabas de hacerme. Porque nadie se tomó la molestia de contar la historia del anciano.

Trato de imaginarme la tristeza que debió de invadirle a ese pobre hombre. Lo perdió todo. Pienso en papá y en todas las cosas que ha perdido a lo largo de los años: todos los periódicos en los que ha trabajado e invertido todo su tiempo y esfuerzo y todas las casas en las que ha vivido y ha considerado su hogar.

—Este es el tema, Narf —dice—. La vida puede arrebatarte todo lo que tienes, pero hay cosas a las que siempre puedes aferrarte para salir adelante. En mi opinión, para ser un buen periodista, para ser un buen hombre al fin y al cabo, debo aferrarme a mi integridad. Si me quitas eso, me siento…

—Perdido —termino.

Él asiente.

—La labor de un periodista no consiste en decidir quién tiene razón y quién no. Nuestro trabajo consiste en contar historias. Todas las historias.

No volvemos a cruzar palabra durante un minuto. Papá se termina el café.

Y entonces decido romper el silencio.

—No perderías tu integridad si escribieras un artículo sobre el señor Peterson y lo describieras como un tipo perverso o malvado.

Papá arruga la frente.

—Narf, no sé lo que viste mientras jugabas a ser el Inspector Gadget desde tu habitación y espiabas al señor Peterson pero, créeme, no viste nada. Ese hombre es un poco extraño, eso no puedo rebatírtelo, pero no hay pruebas suficientes para culparle del trágico accidente que ocurrió hace tantos años —responde papá, y deja la taza sobre la encimera. Parece agotado.

—No es eso —rebato, y trato de ignorar el comentario sobre el Inspector Gadget—. Creo que hay algo más.

Papá me mira con los ojos entrecerrados.

—No estoy seguro de que Aaron…

Sí, por fin ha llegado el momento en que se lo cuento todo, absolutamente todo. Saco el archivador que escondo en el fondo falso del cajón y se lo entrego para que le eche un vistazo. Respondo a todas y cada una de las preguntas que me hace y le llevo a la fábrica abandonada de Manzana Dorada, pasando por el parque de atracciones destartalado y le muestro…

¿Y le muestro el qué? ¿Qué tengo en realidad? Tengo una nota de Aaron que ni siquiera puedo explicar. Tengo un patrón de comportamiento que ni siquiera puedo entender. Tengo un tesoro escondido con dibujos extraños y un maniquí espeluznante y tengo un millón de preguntas, y ninguna respuesta. No tengo nada lo bastante contundente para convencer a papá de que escriba ese maldito artículo y desenmascare al señor Peterson de una vez por todas, o para que deje de pelearse con el señor Espósito y así pueda mantener el trabajo al menos seis meses más, o para que Brenda Yi sepa que existen personas a quienes sí les importa la terrible muerte de su hija y que tal vez sí fue culpa de alguien.

Y no tengo nada lo bastante elocuente y concluyente para convencer a papá de que me acompañe hasta la comisaría de policía y así poder declarar que estoy convencido de que el señor Peterson miente cuando asegura que sus hijos, Aaron y Mya, están con una tía lejana en otro estado.

—¿No estás seguro de que Aaron qué? —pregunta papá, y me mira más preocupado que nunca. ¿Por qué últimamente mis padres siempre me miran así?

Me estrujo el cerebro tratando de encontrar las palabras perfectas para hacer desaparecer esa preocupación. Una broma le quitaría hierro al asunto. Sí, un chiste sería perfecto. De hecho, decir algo, lo que sea, sería perfecto. Pero no se me ocurre nada de nada.

Y en ese preciso instante suena el teléfono. Mi padre se queda inmóvil durante unos segundos. Ni siquiera pestañea. Tiene la esperanza de que por fin me atreva a contarle mi secreto, pero después del cuarto pitido, sale escopeteado hacia su despacho para responder la llamada.

—Está bien. De acuerdo. Bien, llegaré enseguida. No pasa nada, Miguel, lo entiendo.

Oigo que cuelga el teléfono, pero he aprovechado esos momentos de distracción para subir las escaleras y escabullirme a mi habitación. Me observo los pies por enésima vez y acepto lo que, hasta entonces, me había negado en rotundo a aceptar: esta noche, mientras dormía, he debido de levantarme y caminar por el bosque. Seguramente he removido algo de tierra. Es la única explicación lógica de la mugre que tengo metida entre las uñas, del barro que todavía tengo pegado en la planta los pies y de la astilla que he arrancado de la camiseta.

Quiero creer que es por un impulso de mi subconsciente, un deseo irreprimible de encontrar esa pieza clave, esa prueba irrefutable e indiscutible que servirá para que papá escriba ese artículo sobre el señor Peterson. Sin embargo, no puedo engañarme a mí mismo. Ese no es el motivo por el que mi cerebro de chiflado me hace caminar sonámbulo hasta el único lugar en el mundo al que jamás iría en mitad de la noche.

Creo que mi cerebro de chiflado está intentando decirme que ahí hay algo más. Y que debo encontrarlo.

Capítulo 5

Ha llegado el momento. Esta tarde mis padres van a acudir al instituto para reunirse con mi tutor. No hace falta ser adivino para intuir lo que va a pasar. Mamá y papá van a escuchar una retahíla de chorradas, como que tengo un gran potencial que podría llevarme muy, pero que muy lejos en la vida, pero me cuesta una barbaridad mantener la atención en temas que no me interesan. Me pregunto a qué edad podré dejar de fingir que me interesa el año en que Alaska fue declarada estado y empezar a aprender cosas mucho más útiles en la vida, como evitar que se te empañen las gafas de visión nocturna cuando hay humedad en el aire.

En fin, sé que me espera una velada de sermones sobre objetivos y hábitos de estudio en cuanto papá y mamá lleguen a casa, por lo que, en cierto modo, creo que me merezco una excursión al parque temático Manzana Dorada.

Siempre me olvido de lo pronto que anochece en invierno; ha refrescado y mi aliento va formando pequeñas nubes en la noche, y eso que solo son las seis de la tarde. Las hojas crujen bajo mis pies y, aunque sé perfectamente hacia dónde voy, el camino hasta el parque se ha vuelto tenebroso, escalofriante. Desde que encontré ese alijo de bocetos y dibujos al otro lado de la fábrica, tengo la impresión de que este camino y estos árboles y este bosque que se extiende hasta las vías del tren me están engañando y me están haciendo creer que los conozco como la palma de mi mano.

Pero estos bosques no son míos. Son de los fantasmas que dejó atrás la empresa Manzana Dorada.

—No te distraigas, Nicky. Recuerda a qué has venido —me digo cuando, de forma inconsciente, empiezo a mirar por encima del hombro—. Has venido aquí a por pruebas.

Puede que esos bosques no sean míos pero, por lo visto, ahí me siento como en casa mientras duermo. Después de mi charla con papá, es el único lugar del planeta que puede contener alguna pista sobre el paradero de Aaron y Mya y sobre el plan que, sin lugar a dudas, ha urdido el señor Peterson. Si mi cerebro durmiente quiere remover tierra y excavar, tal vez ha llegado el momento de que mi cerebro despierto haga lo mismo.

El parque de atracciones Manzana Dorada nunca ha sido un lugar acogedor. A pesar de que las fotografías que se tomaron el día de la esperada inauguración, las mismas que coparon las portadas de todos los periódicos locales y nacionales, mostraban el parque en su máximo esplendor y a rebosar de visitantes felices y contentos, lo único que veo son los restos carbonizados de la entrada principal y los grafitis que unos vándalos pintaron para cubrir cualquier superficie que hubiera sobrevivido al incendio. Aun así, la entrada principal al parque me resulta más sobrecogedora que en verano.

Puede que sea porque los árboles han perdido todas las hojas y las ramas parecen manos retorcidas y deformes que intentan estrangular el parque. O puede que sea por la bajada en picado de la temperatura. El brillo del rocío provoca un peculiar efecto óptico y da la impresión de que todas esas máquinas abandonadas están respirando. Sea lo que sea, ese lugar siempre me ha dado escalofríos, pero hoy aún más.

—Entra rápido y sal rápido —digo en voz alta para recordarme que he venido hasta ahí por un motivo.

No pienso dar ningún rodeo, así que voy directo al último lugar que visité en sueños: la parte trasera del parque. Me abro camino entre la maleza y, al apartar las últimas ramas, veo algo que me deja boquiabierto. Parpadeo varias veces para comprobar que no son imaginaciones mías. Sí, justo ahí, junto a la base de la montaña rusa Corazón Podrido, hay una persona. Una persona de carne y hueso.

—Y yo que creía que era la única persona que mataba el tiempo paseándose por parques de atracciones abandonados por la noche —digo—. ¿Se ha puesto de moda o algo así?

Maritza se vuelve hacia mí. No sé si mi presencia la ha molestado, o aliviado.

—No —responde—. No está de moda, y tú tampoco.

De acuerdo, la ha molestado. Y mucho.

—Lo siento —digo, y empiezo a pensar excusas para relajar la tensión que se respira en el ambiente—. No pretendía interrumpirte…

Ella sacude la cabeza y, al fin, suaviza un poco la expresión.

—No es culpa tuya. Estaba pensando. Reflexionando. Meditando.

No digo nada más porque sé perfectamente a lo que se refiere. Ha hurgado en los recuerdos que le trae ese parque de atracciones y ha perdido la noción del tiempo. La comprendo, y eso que no viví la época dorada de ese lugar. Pasan varios segundos, pero ninguno de los dos musita palabra. No me pregunta qué diablos hago allí a esas horas de la noche, por lo que intuyo que imagina que yo también estoy buscando respuestas.

Respuestas a preguntas que no me atrevo a formular.

Maritza me mira por el rabillo del ojo.

—¿Crees que están viviendo con su tía?

Está claro que Maritza sí se atreve a formular esa clase de preguntas.

—¿Qué?

Y entonces da media vuelta, cuadra los hombros y me mira directamente a los ojos. Es como si quisiera retarme.

—Aaron y Mya. ¿Crees que su padre los ha mandado a Minnesota, con una tía lejana?

—No... no sabía que estaban en Minnesota —tartamudeo. He esquivado la pregunta porque me asusta responderla. ¿Por qué de repente me da miedo hablar del tema?

«Porque todavía no se te había presentado la ocasión de hacerlo.»

De hecho, no he dicho ni una sola palabra al respecto. Ya hace tres meses que sospecho que todo es una elaborada mentira del señor Peterson, igual que Maritza, por lo visto, pero no lo he comentado con nadie. Todas mis sospechas están guardadas bajo llave, entre las tapas de mi archivador de tres anillas para ser más precisos.

—¿Y bien? ¿Lo crees o no? —pregunta, aunque suena más bien a una súplica. Ese par de ojos saltones y esa frente arrugada me están pidiendo que suelte las palabras que llevo meses deseando decir en voz alta.

Quizá haya sido la mejor decisión que he tomado en mucho tiempo. Quizá lo más sensato haya sido guardarme mi opinión y no compartirla con nadie. Porque de habérselo explicado a alguien, lo que en un inicio era una sospecha —que Aaron y Mya no se han mudado a casa de una tía lejana para así alejarse del sufrimiento y de la tragedia que asedia la ciudad de Raven Brooks— podría convertirse en una posibilidad real. Me da vértigo reconocer que a lo mejor están más cerca del sufrimiento y de la tragedia de lo que imaginamos.

—No —admito al fin—. No me lo creo.

Y ya no me pregunta nada más. Los dos estamos de acuerdo en que el señor Peterson ha mentido, y con eso basta. Ya habrá tiempo de dar rienda suelta a nuestras teorías conspiratorias.

—Cuesta imaginar que la gente considerara este parque como el lugar más seguro del mundo —dice, y echa un vistazo al bosque calcinado que nos rodea, a las malas hierbas que crecen de las cenizas y a las ruinas de la montaña rusa que el incendio carbonizó.

«Seguro» no es la primera palabra que me viene a la mente, la verdad.

—Aquí nos sentíamos… no sé cómo explicarlo. Comprendidos —dice.

Con aire distraído y la mirada perdida en el horizonte, Maritza se palpa la muñeca y empieza a juguetear con la manzanita chapada en oro que cuelga de la pulsera. La reconozco de inmediato; siento un escalofrío por la espalda y rememoro la pesadilla de anoche.

La pulsera de oro que traté de desenterrar de entre las cenizas y el barro.

La mano que la sostenía.

El cuerpo que brotó del lodo, con esos brazos que trataban de alcanzarme, de agarrarme.

Alzo la vista y Maritza hace lo mismo.

—Pienso en Lucy a todas horas —dice, sin dejar de toquetear el colgante en forma de manzana—. Y en Mya también. Ya nunca hablo de ellas. Imagino que piensas que me importan un pimiento, que ya las he olvidado y que las he borrado de mi mente, y de mi vida. Pero lo cierto es que no.

Bajo el resplandor plateado de la luna, veo que Maritza tiene los ojos vidriosos. Está a punto de echarse a llorar.

—No pienso eso —digo.

Creo que todavía no he vivido lo suficiente como para concebir y comprender el calvario por el que ha debido de pasar Maritza: perder a una amiga cuando apenas era una niña y alejarse de otra por miedo a que le ocurriera algo horrible. Me pregunto si ese ha sido el motivo por el que, de la noche a la mañana, empezara a quedar con Enzo, con Trinity y conmigo, porque estaba desesperada por encontrar a alguien con quien charlar sobre el tema, igual que yo.

—Es de admirar que, después de todo lo que pasó, todas os la quedarais —digo, y señalo con la barbilla la cadenita dorada que lleva alrededor de la muñeca.

Parece confundida.

—Eso no es verdad. O, al menos, eso creo. Mya jamás volvió a ponerse la suya después del accidente. Aseguró que se le rompió el cierre, pero creo que fue una excusa barata. No quería llevar nada que le recordara al accidente, lo que resulta bastante lógico —explica, y luego desvía la mirada hacia la copa de un árbol—. Nunca encontraron la pulsera de Lucy.

Y en ese preciso instante, oímos un crujido a lo lejos. Viene de la otra punta del parque, donde solía estar la entrada principal. El susurro de ramas y arbustos enseguida se transforma en el inconfundible sonido de fuertes pisotones.

Sin intercambiar una sola palabra, los dos salimos escopeteados hacia la maraña de malas hierbas que se acumula entre los árboles y nos escondemos como si fuésemos dos criminales. Se nos ha acelerado la respiración y nos turnamos para no hacer demasiado ruido. Nos asomamos por encima de las hojas.

No vemos nada, pero las pisadas cada vez están más cerca y, de repente, una silueta muy familiar aparece de entre los arbustos.

Sí, es él, no me cabe la menor duda. Esos ojos abiertos como platos y ese bigote con las puntas enceradas y enroscadas casi hasta las cejas son inimitables.

El señor Peterson se planta en el claro del bosque con un carretón monstruoso que parece diseñado para transportar abono, y no para transportar... lo que sea que quiere transportar de un parque de atracciones abandonado en mitad de la noche.

Miro de reojo a Maritza, pero tiene la mirada clavada en el señor Peterson.

Él echa un vistazo por encima del hombro y después, con una lentitud pasmosa, escudriña el paisaje de árboles y arbustos que lo rodean, como si quisiese comprobar que no lo ha seguido nadie hasta allí. Luego agarra la carretilla por los dos mangos y la empuja hacia el otro lado de Corazón Podrido.

—¡Sigámosle! —sisea Maritza, pero, en silencio absoluto, alzo una mano y señalo esa zona de la tristemente famosa montaña rusa.

Los árboles son esqueletos de madera que, a estas alturas del otoño, ya han perdido todas las hojas, por lo que escabullirnos hasta allí para espiar al señor Peterson sería un grave error. Nos pillaría enseguida.

—No veo nada —se queja Maritza. Está de puntillas, tratando de adivinar lo que está ocurriendo más allá de esos arbustos. Pero si alarga más el cuello, perderá el equilibrio, se caerá de culo y quedaremos totalmente expuestos.

—Lo sé. Yo tampoco veo nada, pero no podemos...

Sin embargo, no me da tiempo a acabar la frase. Maritza ha ignorado mi advertencia, ha salido de nuestra guarida y, agazapada como una leona, avanza hacia el claro.

—¡Maritza! —susurro, pero no sirve de nada.

O no me oye, o me oye y pasa de mí olímpicamente. Barajo las opciones: quedarme ahí quieto y a salvo o...

—Es una idea horrible —suspiro, y me agacho igual que ha hecho ella. Sin embargo, Maritza es mucho más menuda y más ágil y más flexible que yo. No sé cómo lo hace, pero se las ingenia para esquivar las espinas que sobresalen de las ramas y no rasgarse la tela de los pantalones, lo que me parece digno de admiración.

Ya hemos recorrido la mitad del camino hasta el otro lado de la montaña rusa. A partir de ahí, ya no hay maleza ni arbustos tras los que ocultarse, pero aun así gozamos de una perspectiva mucho más ventajosa que antes.

El señor Peterson está hurgando en lo que, de lejos, parece una caja negra. Pasados unos segundos me doy cuenta de que no es una caja, sino la carcasa manchada de hollín de un antiguo vagón de la montaña rusa. Empieza a golpear el metal como un histérico; lo único que vislumbro desde ahí son sus codos mientras gruñe y ruge y refunfuña y, de vez en cuando, maldice en voz baja.

Maritza se revuelve a mi lado.

—Pero ¿qué está…?

El hombre suelta una última palabrota y arranca una serie de cables de las entrañas del viejo vagón.

—¿Por qué hay cables ahí dentro? —murmuro.

Y esta vez es Maritza quien no responde.

Arroja el manojo de cables sobre el carretón, alza la mirada, como si acabara de recordar algo, y farfulla para sí mismo:

—En… En la casa de la risa. Sí, eso es, la casa de la risa.

Sin dejar de mascullar entre dientes, desaparece entre la maleza, en dirección a la entrada principal del parque. La situación es tan estrambótica e inesperada que nos deja totalmente sin palabras.

De repente, con la misma rapidez con la que se ha esfumado, emerge de la oscuridad con una placa de plástico multicolor llena de microchips y circuitos bajo el brazo. Una placa base.

El señor Peterson se pone a balbucear de nuevo, pero esta vez un pelín más alto, y cada una de sus palabras deja un rastro de lo que parecen nubes de algodón plateadas.

—Solo necesito un procesador para el… y un separador para… no, no, no, no, eso no va a funcionar porque… shhhh, deja de parlotear como un loro, ¡deja de hablar!

De golpe y porrazo, se pone a caminar de un lado para otro. En una mano sostiene la placa madre y, con la otra, se rasca frenéticamente la sien.

—Puedo arreglarlo. Puedo arreglarlo. Solo necesito… ¡NO!

Maritza da un paso atrás, y yo también. Pero los árboles muertos del bosque, que más bien semejan los barrotes de una celda, parecen habernos tendido una encerrona. Me revuelvo y trato de buscar una salida, pero soy demasiado torpe; cada vez que me giro, se me engancha la manga de la chaqueta en una rama u oigo el crujido de una hoja bajo mis pies.

El señor Peterson frena en seco, apoya las manos sobre las rodillas y, entre sollozos, le oigo murmurar:

—¿Es que no va a parar nunca? —susurra, y luego se cubre la cabeza, como si quisiera protegerla de algo, o de alguien. Unos segundos más tarde, con una lucidez apabullante, mira al cielo y brama—. ¿Qué has hecho?

Maritza me agarra del brazo. Está muerta de miedo, igual que yo. Siento sus uñas clavándose en mi piel. De haber esperado esa reacción, no habría gritado.

Pero claro, no me la esperaba.

Maritza ahoga un grito y me tapa la boca con la mano. Y, en un acto reflejo, imito el gesto y también le cubro la boca, pero ya es demasiado tarde.

El señor Peterson permanece inmóvil, como una estatua de mármol. Continúa con los ojos clavados en la luna, con las manos estrujándose las mejillas. Espera. Y nosotros esperamos. Y, de repente, con una lentitud atroz, agacha la cabeza y baja los brazos. Primero inspecciona los árboles que tiene justo enfrente y después, casi a cámara lenta, se va girando hacia nosotros.

Unas minúsculas volutas plateadas logran escaparse de entre nuestros dedos, pero seguimos con la boca cerrada y sellada. Las hojas todavía nos cubren. Es casi imposible que pueda vernos a esa distancia y totalmente a oscuras. Sin embargo, no titubea, ni aparta la mirada. Es como si supiera que estamos ahí, observándole, vigilándole.

—¿Niños? —susurra el señor Peterson con un tono de voz que, si proviniera de una persona que está en su sano juicio, sonaría alegre y divertida. Pero no debemos olvidar que proviene de un tipo que está saqueando un parque de atracciones abandonado y gritándole a la luna—. Niños, venid a jugar. Venid a jugar.

Maritza suelta un gruñido. O tal vez haya sido yo.

El señor Peterson empieza a reírse; el sonido es un murmullo suave que va *in crescendo*, como si comenzara en la punta de los dedos de los pies y acabase saliendo a borbotones de su bocaza. Sigue con la mirada fija en los arbustos tras los que nos ocultamos. Tiene los ojos tan abiertos que parece que vayan a salírsele de las órbitas. Es la mirada de una fiera salvaje. Me fijo en el bigote, que se lo ha enroscado tanto que le roza las cejas.

—¡Venid a jugar, niños! —grita entre carcajada y carcajada. Maritza me despierta de ese trance hipnótico con un tirón tan fuerte que por poco me arranca el brazo. Me arrastra hasta la zona más frondosa del bosque, atravesamos en cuclillas el arco oxidado que antaño enmarcaba la entrada al parque temático y por fin llegamos al sendero que nos llevará a mi vecindario.

De vez en cuando echamos un vistazo por encima del hombro para comprobar si el señor Peterson nos está siguiendo; nuestras zancadas son tan ruidosas que apenas logramos oír nada más. Corremos hasta que las fuerzas empiezan a flaquear y las piernas a fallar; me da la sensación de que los huesos se han transformado en gelatina y no tengo más remedio que sentarme en el bordillo de la acera para recuperar el aliento. Y, si hay un bordillo, significa que ya hemos salido del bosque.

Maritza está a mi lado. La súbita carrera también la ha dejado exhausta. Está jadeando, pero estoy convencido de que podría correr otro par de kilómetros más si creyera que el pirado de mi vecino le está pisando los talones. Levanto la mirada para intentar orientarme y al ver ese cartel verde caigo en la cuenta de que hemos pasado de largo de Jardín Encantador y que, de hecho, estamos a un par de manzanas de la casa de Maritza.

—Nos hemos librado —dice mientras trata de recuperar el aliento—. Creo que no nos ha seguido.

Nos tiemblan las piernas (está bien, *me* tiemblan las piernas) y caminamos hasta casa de Maritza sin intercambiar una sola palabra. Veo que abre la boca para decir algo, pero enseguida la cierra sin haber articulado sonido alguno. Quiero decir algo, pero no se me ocurre nada ingenioso ni apropiado para la ocasión, así que opto por mantener el pico cerrado. Y justo cuando llegamos frente a su casa, ella rompe ese incómodo silencio.

—Ha ocurrido, ¿verdad?

—Sí, ha ocurrido —confirmo.

—Bueno, al menos tú también lo has visto —dice y, de repente, por primera vez desde que Aaron desapareció, ya no me siento solo en el mundo. Percibo un brillo en la mirada de Maritza que me hace pensar que se siente igual que yo. Sin contar a los miembros de la familia Peterson, imagino que es la única persona que también ha vivido episodios un pelín escabrosos, un pelín siniestros, un pelín incomprensibles. Después de la muerte de Lucy, tuvo un encontronazo con el señor Peterson y, desde entonces, no ha vuelto a poner un pie en esa casa.

—Sí, también lo he visto —admito. Sé que es redundante, pero siento que necesito decirlo en voz alta para recordarme que ha pasado de verdad—. Oye, ¿por qué no vas a buscar a tu hermano? —propongo—. Deberíamos contarle lo que ha pasado.

Maritza niega con la cabeza.

—Él… se pondrá hecho un basilisco cuando se entere de que ido al parque a estas horas. Ni se imagina que, a veces, salgo a escondidas y paseo por allí. ¿Qué te parece si se lo explicas tú mañana? Yo me encargaré de poner a Trinity al día.

Espero a que entre en casa y cierre la puerta con llave y entonces, y solo entonces, me voy a casa. El corazón se me acelera de nuevo porque… ¿y si el señor Peterson nos ha seguido hasta ahí? ¿Y si está escondido entre las sombras? ¿Y si nos está observando?

Decido dar un buen rodeo y tomar el camino más largo a casa. El camino más corto y directo bordea el bosque, y es el último lugar por el que querría pasar ahora mismo. Intento atajar el trayecto atravesando jardines que no están custodiados por perros guardianes y, al fin, llego a la calle Jardín Encantador. Una vez ahí, no tengo otra opción que caminar hacia mi casa… y la casa de los Peterson.

Y en ese preciso instante, un par de faros blancos y brillantes me ciegan por completo y, durante unos segundos, creo que se me para el corazón, hasta que veo que el coche entra en mi garaje. Echo a correr para reunirme con mis padres lo antes posible.

—¡Hola, Narf! Qué casualidad haber llegado a casa al mismo tiempo —dice papá, y abre la puerta del acompañante. Como siempre, mi madre es la primera en notar que algo no encaja.

—¿Por qué estás sudando? —pregunta.

—Oh, pues ya ves. He salido a correr un rato —miento.

—¿A correr? —pregunta, medio incrédula, medio preocupada—. ¿Qué es eso? ¿Sangre?

Con disimulo, desvío la mirada hacia mis manos. Están llenas de arañazos por las ramas que apartaba mientras corría despavorido por el bosque.

—¿Te has peleado con alguien, Nicky? —murmura mamá, angustiada. Oh, ojalá me hubiera peleado con alguien. Habría sido mucho más fácil explicar esos rasguños.

—Qué va, es que me he cortado con... con el enrejado —digo; es una explicación bastante creíble, ya que el último listón de madera, el que da a la ventana de mi habitación, está podrido.

Mamá enarca una ceja y luego mira de reojo a papá.

—A mí no me mires. Te prometo que nunca le he incitado a que utilice ese enrejado —se defiende papá, pero es más que evidente que mis aventuras nocturnas están a punto de salir a la luz.

—¿Cómo ha ido la reunión con mi tutor? —pregunto, y apremio a mis padres para que entren en casa, no sin antes echar un último vistazo a la casa del señor Peterson.

—La mar de bien —contesta papá—. Por lo visto, eres un genio desmotivado.

—Pero espera a oír la buena noticia —apunta mamá—. He diseñado un plan para poner remedio a eso.

—¿Ah, sí? —susurro. No he oído ni una palabra de la conversación porque solo puedo pensar en una cosa: en entrar en casa antes de que el señor Peterson regrese.

—Sí, como lo oyes. Voy a tener que readaptar la Ruleta de la conversación, pero creo que el sacrificio merecerá la pena —explica mamá. La palabra «sacrificio» me hace pensar en «sacrificio humano». ¿Eso es lo que está haciendo el señor Peterson? Oh, por los Sagrados Alienígenas, ¿está sacrificando a niños para invocar a una especie de Dios de los parques de atracciones?

—¿Podemos entrar, por favor? —ruego.

—A ver, Lu, podemos comprar un nuevo Twister y aprovechar la aguja. Se me partiría el corazón si te viera desmontar la Ruleta de la conversación. Te pasaste tardes enteras trabajando en ese proyecto.

—Me conoces tan bien —murmura mamá.

Quizá no son solo niños. Quizá el señor Peterson está sacrificando a gente feliz. Quizá se siente tan desdichado, tan triste y tan desgraciado que mata las horas rastreando la ciudad en busca de personas que transmitan una pizca de felicidad para después eliminarlas una a una. Aaron se lo pasó bomba el verano pasado; fue la época más feliz de su vida… o eso creo.

—¿Podemos entrar de una vez, por favor?

—La verdad es que me encantaba la aguja giratoria de la Ruleta de la fortuna. ¿Te acuerdas de ese agradable *clic clic clic* que hacía cuando la hacías girar? —dice mamá.

—Oh sí, aquella aguja era genial —comenta papá.

—Por el amor de Dios, ¿en serio? ¡Entrad ya! ¡Entrad! —grito, y mamá apoya la mano sobre mi frente.

—Uy, creo que has pillado algún virus.

—¿Podemos entrar, por favor? —suplico; me he quedado sin ideas.

—Está bien, pero mañana haremos girar la ruleta para marcarnos objetivos —dice mamá, y me empuja hacia la puerta.

—Es como jugar a bolos, hacer un pleno y ganarte un puñado de dólares, pero sin la diversión, ni el dinero —añade papá.

Llegados a este punto, estaría dispuesto a bordar cocodrilos durante el resto de mi vida si así pudiera meterme en casa ahora mismo.

Y por fin lo consigo. Entro en casa, subo las escaleras a toda prisa con la excusa de que estoy agotado y que necesito descansar. Revuelvo las sábanas pero no me meto en la cama. En lugar de eso, me acerco a la ventana y observo los faros del coche del señor Peterson hasta que noto que los párpados empiezan a pesarme y ya no soy capaz de mantener los ojos abiertos ni un minuto más.

Quiero llamar a Maritza, pero me asusta que sea el señor Espósito quien responda el teléfono y entonces tenga que darle una explicación creíble de por qué estoy llamando a su hija a las nueve de la noche.

Al final, me hago un ovillo sobre la cama. Ni siquiera me tomo la molestia de desnudarme y ponerme el pijama. Intento enmudecer el sonido de la carcajada histérica del señor Peterson, pero no lo consigo.

Capítulo 6

Las horas pasan tan y tan despacio que tengo la sensación de que hoy he envejecido varios años. La última hora de clase, la octava, ha sido especialmente mortífera; la señorita Collier nos ha soltado una perorata sobre la diferencia entre un triángulo equilátero y un triángulo isósceles, y todo sin alterar el tono de voz. Ha sido una tortura.

—Casi me explota el cerebro ahí dentro, te lo juro. A ver, ¿alguna vez has visto un triángulo y has pensado: «No está mal, pero estaría mucho mejor si tuviese los tres lados iguales»? —comenta Enzo. Quiero reírme, pero apenas he pegado ojo esta noche.

Está tratando de driblar con la pelota de baloncesto, pero cuando la bota más de dos veces seguidas, acaba chutándola con el pie. Y cada vez que la pelota sale disparada, Enzo echa a correr tras ella y empieza de nuevo.

Si dejara de moverse, ni que fuese unos segundos, podría contarle lo que sucedió anoche. Eso si Maritza no se lo ha explicado ya, lo que dudo mucho porque, de ser así, no estaría soltando chistes sobre triángulos.

—Tenemos que decírselo a alguien —propone Trinity, que aparece como por arte de magia detrás de Enzo. Y viene acompañada de Maritza.

—He aprovechado la hora de educación física para ponerla al día

—me comenta Maritza. Y después, como si eso lo explicara todo, añade—: Era el día de bailes tradicionales.

Todos asentimos con la cabeza. Todos, menos Enzo, que sigue absorto en sus regateos de jugador profesional de baloncesto.

—¿Decirle el qué a quién?

Trinity y Maritza me lanzan una mirada acusatoria, como si les hubiera fallado.

—¿Todavía no se lo has explicado? ¿A qué estás esperando? —farfulla Maritza entre dientes.

—No he encontrado el momento. Además, ¿no eres tú su hermana? ¿Es que ya no vivís bajo el mismo techo?

—Basta. ¿Alguien puede decirme qué es eso que se supone que debería saber? —pregunta Enzo, al borde de la desesperación y sujetando la pelota de baloncesto sobre el estómago.

—Es un poco difícil de explicar —murmuro; no sé ni por dónde empezar.

—No, no lo es —contradice Maritza, y después se gira hacia Enzo—. El señor Peterson es un tipo siniestro y, tal vez, el diablo personificado. Estamos preocupados por Aaron y por Mya. Y Nicky ha encontrado pruebas irrebatibles.

—¿Qué? —suelta Enzo, y ahora son los tres los que me están mirando fijamente, esperando una explicación.

—Bueno, yo no las llamaría «pruebas irrebatibles» —replico.

Maritza pone los ojos en blanco.

—Está bien, di lo que quieras, pero lo que tú y yo vimos ayer por la noche es, como mínimo, sospechoso.

—Un momento, ¿anoche estuvisteis juntos? —pregunta Enzo, y me fulmina con la mirada.

—Echa el freno, madaleno; no es lo que imaginas —responde enseguida Maritza. Muevo los labios y murmuro varias palabras pero, para ser franco, no tengo ni la más remota idea de qué chorrada estoy diciendo. Estoy demasiado cansado y, como la mitad de mis neuronas han decidido echar una cabezadita, me cuesta pensar con claridad. Solo necesito unos segundos para intentar ordenar las ideas.

Es más que evidente que a Maritza no le pasa lo mismo.

—Tenemos que pasar a la acción, y pronto. Mya y Aaron podrían estar en un buen lío —dice, y tira del brazo de Enzo como si pretendiera llevarlo hasta la mismísima casa del señor Peterson a rastras, llamar a la puerta y exigirle ver a sus hijos en persona.

—Esperad —intercede Trinity y, como siempre, todos dejamos de hacer lo que estamos haciendo para escucharla con total y absoluta atención. ¿Por qué? Pues porque Trinity es la más lista de todos—. Todos queremos ayudar a Aaron y a Mya, pero antes de actuar debemos informarnos bien.

—Pero ¡Nicky y yo lo vimos anoche con nuestros propios ojos! —lloriquea Maritza, y ese comentario colma la paciencia de Enzo, otra vez.

—Sí, volvamos a esa parte de la historia. ¿Qué visteis exactamente Nicky y tú?

—¡No esperaba encontrarla allí! —exclamo, a la defensiva, y Maritza suelta un suspiro de exasperación.

—Estaba en el parque —dice.

—¿Qué hacías ahí? ¿Qué hora era? ¿Lo sabe papá?

—Enzo, para.

Trinity se acerca a él y le acaricia el brazo.

—No es la primera vez que voy. Me gusta dar un paseo por ahí de vez en cuando, ¿de acuerdo? No es para tanto, así que no hagas una montaña de un granito de arena —contesta Maritza, y el silencio que sigue es insoportable.

—Le gusta ir a ese lugar cuando… ya sabes… cuando echa de menos a Lucy y a Mya —le susurra Trinity al oído y, acto seguido,

Enzo suaviza la expresión. Me mira, pero esta vez es una mirada de complicidad; ha comprendido que a mí me pasa lo mismo, y que suelo escaparme allí cuando añoro la compañía de Aaron.

—Está bien, ¿y qué visteis? —pregunta Enzo, que está ya mucho más calmado.

Todos titubeamos y vacilamos. Una vez más, es Trinity quien acude a nuestro rescate.

—Pues estaba... hurgando entre un montón de cosas. Buscaba algo, supongo.

Maritza y yo asentimos con la cabeza. No habría podido describirlo mejor. Pero Enzo no dice nada, tan solo se limita a mirarnos fijamente y en silencio, esperando a que añadamos algún que otro detalle más.

—Y estaba, no sé, muy nervioso —farfulla Maritza.

—Resumiendo, os cruzasteis con él en el parque y visteis que revolvía una montaña de cosas —dice Enzo con el ceño fruncido—. Uau, tenéis toda la razón. Hasta un ciego se habría dado cuenta de que es un genio perverso y cruel.

—Puf, hermanito, ¡es un tema muy serio!

—Por supuesto, por supuesto. Imagino que informaréis de todo lo ocurrido a la policía.

—¡Nicky, díselo tú! —exclama Maritza, y vislumbro un brillo de esperanza en su mirada. Y justo cuando estoy a punto de darme por vencido, cuando creo no poderle ofrecer más pruebas para convencerlo, me acuerdo de mi archivador.

—Hay algo más —digo. Respiro hondo porque ha llegado el momento, el momento de confesar mis sospechas. Y en ese preciso instante, alguien grita desde el otro lado del patio.

—¡Hola, Espozitti!

Los cuatro nos volvemos a la vez. Son Seth y Ruben. ¿A quién le están hablando?

Enzo, al fin, responde.

—¡Hola!

—¿Vienes a entrenar o qué? —pregunta Ruben, y Seth se gira hacia el gimnasio con ademán aburrido.

—¿Quién es Espozitti? —pregunta Maritza.

—¿No es un tipo de pasta? —apunta Trinity.

—Ejem, sí, ya voy —contesta Enzo.

—Espera —dice Maritza, y su semblante cambia de repente. Se siente traicionada—. ¿Te marchas?

Enzo la mira como si ella fuese la chalada que ha perdido un tornillo.

—Tengo entreno. Por cierto, Nicky, ¿te apuntas? Las pruebas están a la vuelta de la esquina…

—¿Es que no has oído nada de lo que acabamos de decir? —interrumpe Maritza. Me quedo sin aire en los pulmones al ver que expresión; es idéntica a la que tenía Mya la noche en que me topé con ella en el parque, cuando la decepcioné, cuando no supe cómo ayudarla.

—Os he oído perfectamente. Según tú, Maritza, el señor Peterson es un bicho raro —dice Enzo, y echa un fugaz vistazo por encima del hombro para asegurarse de que Ruben no se ha ido sin él.

—Pero…

—Hermanita, tranquilízate, ¿de acuerdo? Ya verás que no es nada. Son teorías sin fundamento alguno, basadas en suposiciones. No dejes que la imaginación nuble tu sentido común —comenta Enzo con un tono de voz mucho más suave y cariñoso, y empieza a andar hacia atrás, hacia Seth.

—Nicky, ¿te apuntas o no?

Inspiro hondo y, aunque sé que es el peor momento para anunciarlo, me armo de valor y escupo las palabras que llevo tanto tiempo reprimiendo.

74

—Enzo, no voy a hacer las pruebas. El baloncesto no es mi fuerte, y esto es mucho más importante —empiezo. Quiero añadir algo más, pero ya es demasiado tarde. Enzo se ha dado la vuelta y está corriendo hacia Seth. Hace un par de regates, patea la pelota sin querer, tropieza, pero logra mantener el equilibrio y sigue corriendo.

Sus cabezas, brillantes por el puñado de gomina que se han echado esa mañana, desaparecen tras la puerta del gimnasio. Ni siquiera se han tomado la molestia de despedirse.

Maritza está que echa chispas; creo que jamás la había visto tan furiosa. Trinity farfulla algo incomprensible mientras yo intento borrar la imagen de la cara de Mya de mi cerebro. Parece estar grabada a fuego.

Trinity es quien rompe el silencio.

—¿Y ahora qué hacemos?

Suelto un suspiro largo y profundo.

—Ahora vamos a mi casa —digo, y empiezo a caminar—. Tengo algo que quiero enseñaros.

* * *

Trinity y Maritza van pasando las páginas de mi archivador secreto. Y, cuando llegan a la última, se quedan mirándola durante un minuto. Un minuto que se me hace eterno, por cierto. Han sido las primeras afortunadas en hojear mis hallazgos y la espera ha sido pura agonía. Y, justo cuando creo que por fin van a decir algo, Maritza cierra el archivador para dar la vuelta a todas las páginas y empieza de nuevo.

No lo soporto un minuto más.

—Pensáis que se me ha ido la olla. Que estoy pirado —murmuro. Ni siquiera lo pregunto.

Las dos despegan los ojos de un recorte del primer artículo de periódico. Y, como siempre, Maritza es la primera en hablar.

—A ver, estás loco. Loco de remate, pero eso ya lo sabíamos —dice—. Esto... está lleno de detalles, Nicky.

—Es un informe exhaustivo sobre la vida de ese tipo. Qué come, a qué hora se acuesta, cuándo entra y cuándo sale de su casa... —añade Trinity y, aunque no pondría la mano en el fuego, me da la sensación de que me tiene miedo.

—No me sorprendería que hasta hubieras conseguido muestras de su ADN —comenta Maritza.

Empiezo a arrepentirme de haber compartido mis sospechas y descubrimientos con ellas, pero también empiezo a arrepentirme de no haber recogido muestras de ADN del señor Peterson. Habría sido una idea brillante, desde luego.

—Pero —dice Trinity con voz afable y cariñosa— no estás equivocado.

Maritza asiente con la cabeza.

—Es muy raro. Sale de su casa a las tantas de la madrugada y tarda varias horas en volver.

—Y todas estas anotaciones sobre los sonidos que has estado oyendo —dice Trinity, y hojea las páginas sobre las que he garabateado algunas notas—. El taladro, la música, los chillidos. No logro imaginarme de qué puede tratarse pero es... no sé, raro.

—¡Por no hablar de que hurgaste en su basura y encontraste comida para un regimiento! —exclama Maritza. Las dos empiezan a animarse.

—¡Oh, es verdad! ¡Lo había olvidado por completo! —dice Trinity.

—Entonces... ¿me creéis? —pregunto y, de repente, veo una luz al final del túnel; no quiero hacerme ilusiones, pero quizá todavía haya esperanza y no tenga que soportar la presencia de mi espeluznante vecino yo solo.

—Pues claro que sí —responde Trinity, y me invade una profunda sensación de alivio. Por desgracia, esa agradable sensación apenas dura un suspiro; un segundo después, baja la mirada y Maritza me mira con expresión de duda, de desconfianza, de recelo. Y así, en un abrir y cerrar de ojos, todas mis esperanzas se van al traste.

—¿Qué? —pregunto, aunque en realidad no estoy muy seguro de querer oír la respuesta.

—Te creemos —afirma Maritza.

—Pero necesitamos algo más —añade Trinity.

—¿En serio? ¿Necesitáis *algo* más? —replico; les quito el archivador de las manos y lo abro por una página al azar—. Esto que tenéis delante de las narices podría considerarse un recopilatorio de pruebas. ¡Por no hablar de lo que vimos ayer por la noche en el parque de atracciones! —grito.

—Pero… ¿qué vimos exactamente? —cuestiona Maritza. Y no puedo negar que tiene razón. No tenemos ni idea de lo que estaba haciendo ahí—. Y respecto a la comida… —continúa—. A lo mejor es un glotón capaz de zamparse una vaca entera él solito.

—Y los ruidos que oíste en el sótano de su casa podrían ser cualquier cosa —comenta Trinity con voz cautelosa—. Mi abuelo construía barcos de vela en el sótano de su casa. Nicky, ¿es que nunca has oído hablar de las pruebas circunstanciales?

Debo admitir que me cuesta creer que ella sí haya oído hablar de ese término jurídico.

—Me encanta la serie *Ley y orden* —aclara. Y ese comentario basta para acabar de convencernos.

—Está bien, está bien —digo—. Ya lo pillo. Es un tipo raro y siniestro, pero eso no significa que sea un criminal.

—Y en todos tus recortes y anotaciones no hay nada sólido sobre el paradero de Aaron y Mya. A ver, por lo que sabemos, los enviaron a Minnesota y esto… en fin, es un cuaderno lleno de pruebas que demuestran que los últimos resquicios de cordura que le quedaban al señor Peterson se fueron con ellos —dice Trinity.

Sin embargo, hay algo que todavía no han visto, algo que ni siquiera me atreví a guardar en mi valioso archivador secreto.

Reconozco que estoy un poco molesto. ¿Por qué tengo que ganar mi credibilidad? Me levanto, me dirijo con paso decidido al escritorio y hurgo en el cajón falso hasta que logro palpar la pulsera. La saco de su escondite con sumo cuidado y la sostengo entre los dedos bajo la luz de la lamparilla. La manzana dorada capta el interés de Maritza y Trinity, que la observan como si fuese el péndulo de un hipnotizador.

Maritza alarga el brazo. La bombilla de la lamparilla emite un resplandor muy tenue, pero aun así veo que le tiembla la mano.

—Contiene un microchip —dice con un hilo de voz, y Trinity arruga la frente, confundida—. Introdujeron un microchip en el colgante de la pulsera de Lucy. Parecía que alguien le hubiera dado un mordisco. En fin, eso es lo que solíamos decir.

Se queda en silencio, pensativa. Supongo que la pulsera ha desenterrado recuerdos de su infancia. Palidece y, un segundo después, una lágrima escapa de su ojo y se desliza por su mejilla.

Me quedo petrificado al caer en la cuenta de que la pulsera que encontré debajo de mi ventana, y que estaba convencido de que era de Mya, es, nada más y nada menos, que de Lucy. Me devano los sesos tratando de comprender qué significa ese pequeño cambio.

Maritza me mira perpleja y desconcertada, como si hubiera olvidado por completo que estoy ahí.

—¿De dónde la has sacado?

Suerte que la conozco bien porque, de lo contrario, habría pensado que me está acusando de haberla robado. Trinity aún parece confundida, pero antes necesito aclarar este tema.

—Alguien se metió en mi jardín y la dejó en el enrejado que hay justo debajo de mi ventana —explico, y miro fijamente a Maritza para cerciorarme de que está siguiendo el hilo de la historia—. Antes de que Aaron y Mya desaparecieran —murmuro, y ahora son las dos las que parecen totalmente perdidas y aturdidas—. Creo que fue Mya quien la dejó. Y por eso pensé que la pulsera era suya.

—Lo siento, pero no lo entiendo —dice Maritza—. ¿Cómo es posible que tuviera...? ¿Y por qué quiso dártela...?

Reconozco que es un alivio oír a otra persona estrujarse el cerebro para tratar de encontrar una explicación lógica a ese rompecabezas.

—Espera un momento, ¿has dicho que las tres teníais una pulsera como esta? —pregunta Trinity, como si estuviera encajando las piezas—. Si no lo he entendido mal, Mya se las ingenió para conseguir la de Lucy y luego te la dejó en el enrejado para que la encontraras —recapitula, y yo asiento con la cabeza.

—Sé que quería decirme algo —digo—. Y, aunque le he dado mil vueltas al tema, no sé qué puede ser.

—¿Porque te dio a ti una pulsera? —cuestiona Trinity, que vuelve a lanzarme esa mirada de desconfianza, como si le preocupara mi salud mental.

—No, porque una noche quedamos en el parque —corrijo; Maritza me fulmina con la mirada y, sin motivo aparente alguno, se pone roja como un tomate.

—¿Por qué? —exige saber. Y ese tono acusatorio hace que me ponga un poco a la defensiva.

—Ya os lo he dicho, porque quería decirme algo —repito, y mi voz suena un pelín más enfadada de lo que pretendía. Reconozco que la situación me supera; ha pasado mucho tiempo desde aquella noche pero, aun así, no consigo dejar de sentirme culpable por no haber sido capaz de ayudarla, por haberle fallado—. Pero no la escuché —añado, esta vez mucho más tranquilo.

Y los tres nos quedamos sumidos en un silencio absoluto.

—Ninguno de nosotros la escuchamos —susurra Maritza, y tengo que tragarme el nudo que se me ha formado en la garganta para poder respirar.

—¿Y ahora qué hacemos? —dice Trinity. La verdad es que ha preguntado en voz alta lo que todos estábamos pensando. Todo lo que tenemos, es decir, toda la información que he logrado reunir durante los últimos tres meses y medio, no es sino una montaña de *nada*, tan solo recibos de comida para llevar, sonidos inexplicables y hurtos ruines.

—Necesitamos más —digo, y las dos asienten, dándome así la razón.

—Y, para colmo, todo este lío de EarthPro no está facilitando las cosas —comenta Trinity. Debo admitir que, por un instante, había olvidado por completo el eterno debate con EarthPro porque, ahora, la alambrada que cerca la fábrica y su cámara de seguridad se han convertido en un obstáculo muy difícil de superar.

—Últimamente mis padres no hablan de otra cosa —digo. Anda,

otro pensamiento que digo en voz alta por primera vez. Quizá sea porque es la primera vez que estoy con gente dispuesta a escucharme.

—Los míos también —murmura Trinity, y pone los ojos en blanco.

Es un gesto que me sorprende bastante porque, aunque yo siempre presumo de tener una familia unida, Trinity y sus padres son como tres adultos que comparten un cerebro gigante. El señor y la señora Bales trabajan para preservar y hacer cumplir los derechos humanos y se turnan para volar a países que necesitan cosas tan básicas como el agua potable. Para que nos entendamos, son la clase de personas que la señora Tillman aspira a ser. Por eso me extraña tanto que Trinity se ponga tan nerviosa con ellos, pues siempre se ha mostrado muy orgullosa de sus padres.

—No dejan de decir que esta ciudad necesita curarse las heridas de una vez por todas. Y supongo que por eso pasan tanto tiempo en esas reuniones eternas del Ayuntamiento —añade.

—Mi padre está obsesionado con el tema —apunta Maritza, lo cual también me desconcierta porque siempre he imaginado al señor Espósito como un tipo bastante resolutivo que no suele dar muchas vueltas a las cosas. Un artículo es un artículo, y punto—. Es como si se sintiera responsable de la ciudad —añade, y Trinity asiente con la cabeza—. Está empeñado en contar las dos versiones de la historia para así mostrarse imparcial y objetivo, pero es muy complicado porque, escribas lo que escribas, siempre va a haber alguien que no se sienta comprendido, o se sienta atacado… —explica.

Y eso me hace pensar en la discusión que mantuvieron mis padres la otra noche. Mi padre solo quiere ser un buen periodista. Y mi madre solo quiere ser una buena científica. ¿Por qué no pueden ser lo que quieren ser? ¿Por qué una empresa como EarthPro tiene el derecho de decidir algo así?

—Pues yo no dejo de pensar en esa misteriosa tía que vive en Minnesota —dice Trinity, volviendo de nuevo al tema de la familia

Peterson—. ¿Por qué todo el mundo se lo ha creído a pies juntillas? ¿A nadie le extraña que Aaron y Mya se hayan mudado a otro estado y que el señor Peterson haya preferido quedarse aquí?

—Aaron nunca me dijo que tenía una tía —digo.

Maritza por fin se mete en la conversación.

—Mya tampoco me contó que tuviera una tía. Aunque realmente existiera la tal tía Lisa, dudo mucho que Aaron y Mya quisieran mudarse a vivir con ella justo después de perder a su madre.

—Se me acaba de ocurrir una idea genial —anuncio—. Tenemos que localizar a la famosa tía Lisa. No debería ser tan difícil. ¿Cuántas Lisas creéis que viven en Minnesota?

Sí, va a ser como buscar una aguja en un pajar. Me acerco a la cama y me dejo caer sobre el colchón, desanimado y derrotado. Sé que suena contradictorio, pero tengo la impresión de que, cuantos más secretos desvelamos sobre lo que está ocurriendo en la casa de los Peterson, más perdidos estamos. Pensaba que conocía a Aaron, que habíamos conectado y que nos comprendíamos. Pero su madre falleció y, después del funeral, todo cambió. A ver, ya sé que los funerales no son momentos de jolgorio y celebración, pero este llevó el adjetivo *horrible* a un nuevo nivel. Sí, ese día pasaron cosas espeluznantes. Primero, el señor Peterson perdió los papeles en su habitación, luego Aaron se plantó en mitad del pasillo para decirme básicamente que no quería volver a verme en su vida y, por último, la señora Tillman, con esa sonrisa forzada, me llamó Nicholas, como si me conociera…

—La señora Tillman —digo, primero en voz baja, y después a Trinity y a Maritza—. ¡La señora Tillman!

Trinity ladea la cabeza.

—La chiflada de la comida sana y la vida espiritual, la propietaria de esa tienda del centro que solo vende productos ecológicos —explica Maritza, y Trinity asiente.

—El día del funeral se pegó como una lapa a una mujer a la que llamaba Lisa. ¡Apuesto a que era ella!

De repente, a Maritza los ojos le hacen chiribitas.

—Lo único que debes hacer es preguntarle a la señora Tillman cómo puedes ponerte en contacto con ella. ¡Pan comido!

Sacudo la cabeza.

—No, yo no puedo encargarme de eso.

—Oh, es verdad.

Dedicamos un minuto de silencio en honor al incidente con el sintetizador de sonido.

—Lo haremos nosotras —resuelve Maritza.

Trinity titubea, pero acaba asintiendo.

—Iremos a la tienda mañana después de clase.

Por fin veo una luz al final del túnel, un rayo de esperanza.

—Volveré a repasar todos esos artículos y anotaciones por si he pasado algo por alto —propongo.

—No, no lo harás —contradice Maritza.

—¿Perdón?

—Quedarás con mi hermano e irás con él a la fiesta del sábado por la noche.

La fiesta que organiza el *Raven Brooks Banner* para celebrar el inicio de las vacaciones de Navidad. Lo había olvidado por completo. Mis padres me lo comentaron hace tres semanas pero supongo que almacené esa información en ese rincón del cerebro que odia tener que vestirse para asistir a guateques aburridos para adultos.

—Creo que puedo librarme de ese bodrio —digo. Ya noto el hormigueo de desesperación por la nuca—. Puedo quedar con Enzo en otro momento.

Trinity y Maritza niegan con la cabeza como si fuesen dos robots programados.

—Tienes que hablar con Enzo sobre el periódico. Debes convencerle de que la mejor opción es que el periódico deje de publicar artículos sobre EarthPro; solo así podremos colarnos en el parque e indagar un poco más.

—Espero no encontrarnos con el señor Peterson —añade Maritza, y se estremece.

—¿Y por qué yo? —protesto. Sí, estoy gimoteando como un niño malcriado y consentido, pero me da lo mismo. Ni siquiera me avergüenza—. ¿Por qué no tienes una charla sincera con tu padre? —le pregunto a Maritza. Está bien, le *suplico* a Maritza. Haría cualquier cosa por no ir a esa fiesta. Ya empiezo a notar la presión de los zapatos en los dedos de los pies.

—Porque llevo semanas taladrándole con que EarthPro va a conseguir cerrar todos los pequeños negocios familiares de Raven Brooks y no ha servido de nada en absoluto —replica ella.

—Enzo nunca se ha pronunciado sobre el tema, pero creemos que su padre sí le escuchará y tendrá en cuenta su opinión. Si Enzo también se posiciona en contra de EarthPro, el señor Espósito empezará a notar que no cuenta con apoyos en casa —comenta Trinity. Por lo visto, Maritza y ella han pensado lo mismo.

—Además —intercede Maritza—, ¿crees que me apetece ir a esa fiesta? Ya hace varios días que me inventé una excusa para escaquearme. Tú eres el único afortunado que puede ir, y que irá.

Si eso es tener suerte, lo cierto es que prefiero volver a ser el pringado de siempre.

Capítulo 7

Mi némesis. Mi archienemigo. El aceite de mi agua. El alfiler de mi globo.

Observo el traje que guardo en el rincón más profundo del armario y juro por los Sagrados Alienígenas que él también me observa. Se está burlando de mí. Cuelga de la percha con prepotencia porque sabe, igual que yo, que esta noche no voy a tener escapatoria.

—¡Papá! —chillo; él acude a mi llamada de socorro enseguida, como si fuese un superhéroe. El cepillo de dientes asoma por su boca como si fuese un puro. Se ha presentado en calzoncillos, con la camisa abotonada hasta el cuello y bien almidonada y los calcetines negros subidos hasta la rodilla.

—Bien, estás vivo —dice. Últimamente ha estado un poco tenso. Las discrepancias con el señor Espósito le están afectando más de lo normal.

—Lo siento —murmuro—. Es que… ¿En serio tengo que ponérmelo?

—Ya sabes lo que va a decir tu madre.

—Lo sé, pero esta vez no es una gala, ni una ceremonia elegante. Es la fiesta del periódico local. ¿Los periodistas no sois un poco más… informales sobre el protocolo y la etiqueta?

—¿Y qué cggges que hassemos…? —empieza, pero enseguida

se saca el cepillo de dientes de la boca y vuelve a intentarlo—. ¿Y qué crees que hacemos todo el día en la oficina? ¿Jugar al futbolín y comer rosquillas?

Nos miramos fijamente sin decir nada durante al menos un minuto. Sobran las palabras. Los dos sabemos que las probabilidades de que encuentre una caja de rosquillas medio vacía en algún cajón de su escritorio son bastante elevadas.

—Sé que tu trabajo es tan serio, duro y exigente como el de mamá —pruebo de nuevo, pero esta vez con más cautela—. Solo digo que no siempre llevas traje. Alguna vez me he fijado que vas a la oficina en vaqueros y camiseta.

—Solo cuando me toca el turno de noche —responde él, un poco a la defensiva—. Y esta noche no voy porque tenga que cubrir una exclusiva de última hora —dice—. Es una fiesta.

—Papá —ruego. Es mi última oportunidad—. Este traje me asfixia. Me aprieta… cosas —digo, y me inclino—. Cosas importantes.

Papá alza las manos a modo de rendición y utiliza el cepillo de dientes como si fuese una bandera blanca.

—Camisa y corbata —dice—. Vaqueros y zapatillas.

Abro la boca para quejarme, pero me señala con el cepillo de dientes y me acobardo. De repente, la bandera blanca parece un martillo.

—Camisa y corbata —repite—. Ese es el trato. De nada, por cierto.

Se da media vuelta y se marcha orgulloso, como si acabara de ganar una batalla. Camina como un guerrero vikingo, solo que ha olvidado que no lleva pantalones.

Nos subimos al coche. Hay que reconocer que mamá está espectacular con una falda color púrpura y ese jersey blanco peludito tan suave y esponjoso. He debido de utilizar argumentos muy persuasivos, porque papá ha decidido combinar una camisa y una corbata con vaqueros y sus Converse favoritas. En otras circunstancias, mamá habría puesto los ojos en blanco al vernos con esas pintas, pero sabe que papá está al borde de un ataque de nervios, así que le acaricia la mano y dice:

—Estás muy guapo.

Él sonríe. Se avecina una noche muy larga. Pero no puedo obcecarme y dejarme llevar por mi mal humor, así que intento convencerme de que no va a ser la típica fiesta de empresa, con adultos aburridos hablando de cosas aburridas.

Sin embargo, no consigo borrar de mi memoria la discusión que oí por casualidad entre mi padre y el señor Espósito. Para ser justos, solo oí a una de las partes, aunque no hacía falta ser un genio para adivinar lo que el padre de Enzo estaba diciendo al otro lado del teléfono. Me siento entre la espada y la pared; por un lado, creo que el señor Espósito no anda muy desencaminado al pensar que el señor Peterson es el principal culpable de la muerte de Lucy Yi. En eso estoy de acuerdo con él, pero necesito que espere un poco más antes de demostrarlo en los medios de comunicación.

¡Fiesta de Navidad del
Raven Brooks Banner!

Sábado 3 de diciembre, a las 19.00 h.
¡Habrá tentempiés y canapés!
¡No te pierdas el karaoke y el baile!

Aparcamos frente a las oficinas del *Raven Brooks Banner*. Unas guirnaldas de lucecitas multicolor que parpadean nos dan la bienvenida desde el vestíbulo. Tiro del nudo de la corbata, pero lo hago con tanta agresividad que al final acaba pareciendo un collar, y no una corbata.

Las baldosas de mármol del vestíbulo parecen haberse teñido de rojo, amarillo y verde por el reflejo de las luces y la melodía de «Winter Wonderland» retumba en las paredes como una pelota de tenis. Es como adentrarse en un océano de tipos desaliñados ataviados con vaqueros arrugados y corbatas mal anudadas y de mujeres con faldas cargadas de electricidad estática y con el pelo lleno de horquillas que parecen alambres punzantes. Todos sostienen una copa con un líquido amarillo y burbujeante y van cambiando el peso de pierna, de forma que siempre lucen la típica pose de personaje interesante. Hay varios grupitos; unos ríen, otros cuchichean y otros… tan solo observan la copa de cristal que tienen en la mano. Repaso la sala en busca de Enzo y, la verdad, no tardo mucho en dar con él. Está merodeando alrededor de la mesa de plástico sobre la que han servido la cena, que consiste básicamente en albóndigas, ensalada de pasta y galletas de jengibre.

—Has tardado un montón, tío —dice, pero más bien aliviado que molesto, y eso me tranquiliza porque la última vez que nos vimos la despedida fue un poco extraña, casi incómoda. Sin embargo, todavía no me he acostumbrado a verlo con ese pelo. Parece que se eche varios kilos de gomina, por lo que intuyo que la cabeza debe de pesarle una tonelada, como mínimo. Me pregunto si le cuesta mantener la cabeza en alto.

—¿Qué es eso? —pregunto, y señalo un plato a rebosar de algo que no logro identificar. Es una mezcla de color ocre; tal vez se trate de una especie de mostaza con puntitos negros.

—No tengo ni idea —responde Enzo, preocupado—. Pero antes he tropezado con la mesa, y me ha parecido que se movía.

Los dos nos estremecemos y nos servimos un puñado de galletas de jengibre y tres triángulos de baklava.

—Anda, ¿qué clase de triángulo es este? —bromea Enzo, y nos dirigimos hacia una esquina de la habitación.

Y, desde ahí, oigo que el señor Espósito llama y saluda a mi padre.

—Oh, así que has decidido honrarnos con tu presencia, ¿eh? —comenta con tono socarrón, pero él es el único que se ríe. Papá le estrecha la mano y le da un abrazo, como siempre, pero esta vez lo hace con cierta frialdad, con cierta lejanía—. Luanne, estás impresionante —dice Miguel; se acerca con ademán cordial para darle un abrazo y ella dibuja una sonrisa.

—Me prometieron que habría baklava y que sonarían villancicos toda la noche, así que no pude negarme.

Mis abuelos no solían celebrar la Navidad, pero podría decirse que mamá es toda una experta en lo que a música navideña se refiere. El día después de Acción de Gracias, cuando la emisora local, una radio de tres al cuarto que solo pone *soft rock*, empieza a poner villancicos a todas horas, el espíritu navideño invade nuestro hogar; mamá baila por toda la casa tarareando canciones que todos estamos hartos de oír año tras año.

Sí, mamá es una fanática de los postres y de los villancicos. Sin embargo, aunque no hubieran servido bandejas repletas de baklava o elegido esa banda sonora para la fiesta, sé que se las habría ingeniado para encontrar la manera de tranquilizar a papá, que lleva varios días ansioso por las discusiones con su jefe.

Ahí sigo, al lado de Enzo, atiborrándome a galletas de jengibre. Ojalá mamá tuviera un truco mágico para quitarme las ganas de echar la pota ahí mismo. Estoy repasando la lista mental que he elaborado con todas las cosas que tengo que decirle a Enzo: que no pienso parar hasta encontrar una explicación a la misteriosa desaparición de Aaron y Mya, que necesito que me eche una mano y convenza a su padre de que no publique ningún artículo sobre el señor Peterson para que así podamos reunir más pruebas, que he estado quedando con su hermana y con su novia para espiar al tipo que creemos que ha perdido un tornillo y que vive justo delante de mi casa...

Y puesto que soy un desastre para tomar decisiones, y también para elegir el momento apropiado, dicho sea de paso, o quizá porque el nudo de la corbata me aprieta demasiado, o porque estoy agotado de pasar tantas noches sin pegar ojo, al final le suelto todo, sin filtros, sin orden, sin pausas.

—A ver, la historia es la siguiente. Llevo mucho tiempo vigilando y espiando al señor Peterson. Y cuando digo mucho tiempo, me refiero a mucho, mucho tiempo. Y estoy convencido de que sabe algo sobre Aaron y Mya que no le ha contado a nadie. Sí, me jugaría el pellejo a que esconde un secreto, y Maritza también. Trinity y ella irán a hablar con la señora Tillman para intentar sonsacarle algo de información y contrastar esa historia de la tía lejana que vive en Minnesota. Pensamos que oculta algo importante en el viejo parque de atracciones y queremos buscar pruebas, pero no podremos hacerlo si EarthPro empieza a excavar y a remover los terrenos, así que sería genial que nos ayudaras a convencer a tu padre de que no publique artículos con el testimonio de la señora Yi para que podamos hurgar y dar con pruebas sobre el paradero de Aaron y Mya.

Después de esa retahíla, inspiro hondo y me meto un triángulo de baklava en la boca. Es la primera vez que se lo cuento todo a Enzo y la sensación de haberme desahogado es realmente increíble. Es como si me hubiera quitado un peso de encima, un peso que llevaba asfixiándome varios meses. Siento algo que no había sentido desde que Aaron desapareció, algo que creía haber olvidado por completo: me siento bien conmigo mismo. Al fin y al cabo, creo que estoy haciendo algo que, quién sabe, a lo mejor puede ayudar a Aaron y a Mya.

Sin embargo, cuando me vuelvo y miro a Enzo, vuelvo a notar ese peso oprimiéndome el pecho. Y es más sofocante que antes. Y, por si eso fuera poco, esta vez se ha traído un amigo: el miedo. Porque Enzo me mira como si estuviera deseando darme un puñetazo en la cara.

—No fue una coincidencia que te encontraras con mi hermana en el bosque, ¿verdad que no? La has incitado a espiar a ese hombre asqueroso y siniestro a sabiendas de que yo le prohibí volver a acercarse en su vida.

Oh, no. Oh, Alienígenas. Tendría que haberme preparado mejor el discurso y no soltárselo todo de golpe, sin filtros.

—Y ahora me dices que has enviado a mi hermana pequeña y a mi novia a hablar con esa chiflada de la tienda ecológica que tiene el número de la policía en su lista de favoritos y que desprecia a los niños para reunir pruebas que confirmen tu teoría conspiratoria.

Enzo es más fuerte que yo. Mucho más fuerte que yo. Pero cuando hemos tenido que echar a correr porque creíamos que nos perseguía el mismísimo demonio, he sido más rápido que él. Creo que, con la dosis justa de motivación y un buen golpe de suerte, podría salir escopeteado y dejarlo atrás.

—Y, por si todo eso fuera poco, pretendéis que convenza a mi padre de que, aunque en ese accidente murió una niña, lo mejor es que deje las cosas tal y como están y que nadie pague por ello. Pretendéis que sigamos fingiendo que ya hemos superado lo que ocurrió. Pretendéis que mi padre se dedique a escribir artículos sobre cómo la señora Poulson enseñó a su gato a chocar los cinco. Pretendéis que a nadie le preocupe que seamos la única ciudad del estado que todavía no cuenta con un Buy Mart.

—Espera, ¿qué? —digo. La verdad es que me he perdido en la parte del gato que sabe chocar los cinco.

—EarthPro, genio —replica él. No despego los ojos de su mano derecha; la ha empezado a cerrar para formar un puño—. La empresa va a construir un Buy Mart. En fin, veo que no lo pillas. Aquí hay mucho más en juego que tus estúpidas sospechas sobre el pirado de tu vecino. Acabas de mudarte y eres nuevo en la ciudad, así que lo voy a pasar por alto, pero ni te imaginas lo que es criarse en un lugar como este. Por si no te habías dado cuenta, algunos detestamos tener que conducir más de una hora para ir a un supermercado que venda comida común y corriente. A algunos nos gustaría poder practicar algún deporte de equipo y salir a dar una vuelta por algún lugar que no nos recordara a la pobre chica que murió en la tragedia. Algunos querríamos ser normales.

Ya ni siquiera noto el sabor del baklava en la boca. Creo que me lo he tragado, pero no estoy seguro; el bulto que se me ha formado en la garganta me impide hasta respirar.

He venido a la fiesta pensando que, a pesar de todo, Enzo seguía siendo mi amigo, pero no podía estar más equivocado. Soy un iluso. Está empeñado en ser un adolescente típico y tópico, un adolescente de manual y, ahora mismo, yo represento lo contrario. Sí, soy la encarnación de todo lo que él rechaza, así que es lógico que quiera alejarse de mí.

—Basta ya. Para de una vez, ¿vale? —dice, aunque no es una pregunta, sino una orden alta y clara—. Deja de hurgar en todo este asunto del señor Peterson. Deja de intentar encontrar una explicación a la misteriosa desaparición de Aaron y Mya. No son más que invenciones.

Y, de repente, me lanza una mirada fulminante.

—Y deja en paz a mi hermana. A Trinity le das pena, pero Lucy era muy amiga de Maritza. No tienes ni idea del calvario que pasó. Fue una maldita tortura, pero consiguió superarlo. Y ahora todas tus teorías paranoicas están haciendo que vuelva a revivir esa época.

Leí en algún artículo que el cuerpo humano está compuesto por un sesenta por ciento de agua y, entre nosotros, no lo creí. Hasta ahora. Siento que la ola de un tsunami me ha arrastrado hasta lo más profundo del océano y que me estoy ahogando. Hago aspavientos y me revuelvo, pero no logro llegar a la superficie, no logro coger aire. Mi vida pende de un hilo.

Enzo ni siquiera ha tenido que abofetearme. Con abrir la boca ha sido más que suficiente.

—¡Damas y caballeros, les ruego que presten atención, por favor! —grita el señor Espósito a la muchedumbre reunida en el vestíbulo, aunque yo apenas lo oigo porque el ruido de las olas es ensordecedor—. Me gustaría presentarles a una invitada muy especial. Muchos de ustedes ya la conocen por su trayectoria profesional, tanto en el Ayuntamiento como en la oficina del abogado del Estado. Como supongo que sabrán, en el *Raven Brooks Banner* estamos siguiendo muy de cerca todas las noticias relacionadas con EarthPro, porque nos preocupa, y mucho, el impacto que pueda tener la llegada de una multinacional en nuestra hermosa y pacífica comunidad. Y, aunque algunos podemos estar de acuerdo y otros discrepar con la propuesta de la empresa, creo que todos coincidiremos en que nuestra vecina y amiga Brenda Yi se ha dejado la piel defendiendo y protegiendo Raven Brooks porque siempre ha procurado por el bienestar de todos. Y, hablando de propuestas, Brenda acaba de comunicarme una noticia que querría compartir con todos ustedes. Como bien sabrán, nunca desaprovecho la oportunidad de tener una exclusiva —parece que el señor Espósito acaba de despertar el interés del público.

—¡Tómate una noche libre, Miguel! —grita alguien, y el señor Espósito se ríe entre dientes.

—Tú ya te tomas noches libres por todos nosotros, Barry —replica, y todo el vestíbulo estalla en un mar de carcajadas.

—Gracias, Miguel —dice la señora Yi, y agacha la cabeza a modo de agradecimiento. El público enmudece casi *ipso facto* porque lo mínimo que se merece la señora Yi es respeto. Y en ese instante caigo en la cuenta de que jamás la había visto en persona. Reconozco que no es tal y como esperaba. Lleva el cabello recogido en un moño bajo y el reflejo plateado de varios mechones canosos resalta en esa melena azabache. Es de complexión menuda, pero su presencia es imponente; su voz, con una cadencia suave y dulce, es profunda y resonante y, aunque a primera vista cualquiera afirmaría que es una mujer guapa, la piel parece habérsele despegado de la cara y cae con cierta flacidez, como si estuviera agotada de luchar en una guerra sin fin.

—No les entretendré mucho, se lo prometo. Pero antes de nada, querría darles las gracias a todos por las horas que están invirtiendo en cubrir esta noticia y en transmitirla con una meticulosidad pasmosa y una objetividad envidiable. Debo admitir que el asunto de EarthPro es peliagudo, que ha levantado muchos temores y dividido a nuestra comunidad, pero la Navidad está a la vuelta de la esquina y nos merecemos celebrarla como manda la tradición, así que espero que todos podamos dejar a un lado nuestras diferencias y recordemos que una de las cosas que hace que Raven Brooks sea tan y tan especial es la tolerancia de ideas, por muy opuestas que sean.

El vestíbulo queda sumido en un silencio absoluto. Tan absoluto, de hecho, que oigo a Enzo resoplar a mi lado, y resulta el resoplido más mezquino y ruin que jamás he oído.

—Iré al grano: el Ayuntamiento ha decidido concederle a Earth-Pro el permiso de obras para que limpie los terrenos que, hasta hace muy poco, pertenecían a la empresa Manzana Dorada. —Hace una pausa antes de añadir—: Todos los terrenos.

Algunos de los asistentes se aclaran la garganta, otros murmuran, pero la mayoría se queda inmóvil y en silencio porque la señora Yi bien se ha ganado que la escuchen atentamente.

—A todos los que desconfían de EarthPro y tienen sus reservas sobre si debería instalarse en nuestra preciosa ciudad, déjenme contarles que tendrán la oportunidad de expresar sus preocupaciones, sus inquietudes, sus miedos. El Ayuntamiento se compromete a no permitir ningún desarrollo ni movimiento durante, al menos, noventa días. Durante ese periodo de tiempo, organizaremos varias asambleas en el Ayuntamiento para atender y responder todo tipo de cuestiones al respecto; sin embargo, a menos que ocurra algo inesperado o que nuestros asesores aconsejen lo contrario, la ciudad piensa seguir adelante con el proyecto y, en tres meses, empezarán las obras para despejar los terrenos y remodelarlos.

Y, en cuanto la señora Yi termina su discurso, me fijo en varios detalles. Me he quedado bastante estupefacto y sobrecogido, en parte por la amenaza de Enzo y en parte por esa avalancha de información. Veo que papá se escabulle de puntillas hacia mamá, que enseguida se da cuenta y extiende la mano para sostener la de su marido. Veo que un hombre con la barba desaliñada que está al fondo del vestíbulo asiente con la cabeza, como si estuviese de acuerdo con todo lo que la señora Yi ha preferido guardarse para sí porque pretendía sonar imparcial. A su lado veo a una mujer que ha pegado los ojos al suelo porque su opinión dista mucho de la de su compañero. De repente, advierto un espacio vacío en el vestíbulo, una especie de pasillo que se ha formado casi sin querer, por casualidad; a un lado se han apiñado varias personas que asienten con la cabeza, como el tipo de la barba desaliñada, y al otro, otras que o bien observan con dureza a los que tienen justo enfrente, o han agachado la mirada, o contemplan las copas que sostienen en las manos y que ya han dejado de burbujear.

Pero sobre todo observo al señor Espósito. Mira a la señora Yi con ternura y preocupación. Sí, sus sentimientos están a flor de piel, y ni siquiera se molesta en disimularlos. Siento curiosidad por averiguar a qué se debe ese desasosiego e inquietud tan evidentes; quizá le preocupe la señora Yi, o el infierno por el que ha debido de pasar los últimos años, o la llegada de EarthPro a la ciudad, o la continuidad del *Raven Brooks Banner*. Pero hay algo que tengo bien claro: le preocupa tanto o más que a mi padre su integridad, como a todos los que se han reunido esta noche aquí.

A todos, salvo a Enzo, porque, a sabiendas de que estoy a su lado ahogándome, no parece dispuesto a mover un dedo para salvarme.

En cuanto la música navideña rompe ese incómodo silencio, el surco que se había abierto entre la muchedumbre empieza a llenarse de invitados; uno se pone a canturrear un villancico sobre una mujer que quiere besar a Santa Claus, otro señala a dos personas que se han cruzado bajo el muérdago que han colocado en la puerta de la sala de descanso y se echa a reír a carcajadas y otro da unos golpecitos en la mesa para que la gelatina empiece a menearse. Y aprovecho ese momento para, por fin, girarme y mirar a Enzo a los ojos.

No sé cómo lo he hecho, pero he logrado chapotear hasta la superficie de ese estúpido océano. He sobrevivido y estoy respirando. Nunca me había alegrado tanto de poder respirar.

—¿Sabes lo que eres? —le pregunto, aunque no espero oír una respuesta—. Eres un cobarde.

Y esta vez Enzo sí reacciona. Se gira. Veo que está apretando los puños, pero me importa un bledo porque soy más rápido que él y, no nos engañemos, la velocidad es, de lejos, una destreza más útil que la fuerza.

—¿Qué has dicho? —replica, y, por un segundo, creo que a lo mejor no me ha oído bien.

—Que eres un cobarde. Prefieres tomar el camino fácil y empeñarte en ser un chaval normal, lo cual, por cierto, todavía no sé qué significa, en lugar de mover el culo para ayudar a un amigo.

—No sé de qué estás hablando —se defiende Enzo, y veo que afloja los puños, aunque todavía tiene las orejas tan rojas que temo que le vayan a explotar y se quede sordo de por vida.

96

—Viste con tus propios ojos el calvario que estaban viviendo Aaron y Mya. ¿Acaso hiciste algo?

Enzo aprieta los dientes.

—No. No hiciste nada —continúo, porque, ahora que he arrancado, ya no puedo parar—. Les diste la espalda y te encerraste en tu palacio para viciarte a los videojuegos. Pasaste de ellos e hiciste como si no hubiera pasado nada. Y, ahora que te pido que me eches una mano con esto, estás haciendo lo mismo, darme la espalda. ¿Y por qué? ¿Para que Seth y Ruben te acepten como su amigo?

—¿Y qué hay de malo en que quiera ser amigo de Seth y de Ruben? —contesta, pero estoy tan furioso que no le dejo terminar la pregunta y escupo una carcajada que suena más mezquina y déspota de lo que pretendía.

—¿En serio? ¿Seth Gruber? Tío, se atragantó con su propia saliva.

—No fue para tanto. Además, era una competición de escupitajos.

—Vino una ambulancia y se lo llevó al hospital —rebato.

—Está bien, tiene los mocos muy espesos. Ni que eso fuese un crimen.

—Ruben cree que las ovejas son cabras peludas.

—No todo el mundo tiene que ser un genio. ¿Qué pasa? ¿Te crees un niño prodigio? ¿Un cerebrito? Por el amor de Dios, ¡si crees en los extraterrestres!

—Hay una diferencia entre hipótesis verosímiles y hechos demostrables. Vamos, tío. ¿Ovejas y cabras?

—Ah, ya lo entiendo. Estás celoso.

—Uy, sí. Estoy muy, muy celoso. Ojalá pudiera driblar una pelota y atragantarme con mi propia saliva.

—Quizá no soportas verme haciendo amigos porque prefieres que siga siendo un pringado solitario, como tú. Quizá no tengas ni pajolera idea de hacer amigos porque, como os mudáis cada dos por tres, nunca te quedas en una misma ciudad el tiempo suficiente para demostrar que no eres un bicho raro de narices.

De repente, la marea vuelve a subir y una ola de dimensiones estratosféricas se cierne sobre mí y amenaza con tragarse. Abro la boca para protestar, para soltarle alguna barbaridad, pero solo noto el sabor salado del mar. Ojalá fuera de esa clase de chavales que cierran los puños, como Enzo, pero no soy así. Ya no me quedan fuerzas. Soy como una boya a la deriva.

—¡Narf! —grita mi padre. Su voz suena lejana, como si estuviese en la otra punta del vestíbulo, aunque a lo mejor está justo a mi lado. Estoy confundido, desorientado—. ¡Narf! Despídete de Enzo, nos vamos a casa —dice. Ahora sí sé que está a mi lado porque la preocupación de su voz es casi palpable. Creo que me he quedado petrificado. No miro a papá y tampoco me muevo, hasta que coge a mamá por la mano y se pone a caminar hacia la puerta del aparcamiento.

Me doy media vuelta, dispuesto a irme sin decir absolutamente nada más, pero tras haber dado dos pasos, siento que puedo volver a respirar con normalidad. Sin embargo, esta vez el aire tiene un sabor distinto, rozando lo desagradable. Esta vez sabe a… vacío.

—Pásatelo bien con tus nuevos amigos —digo.

Y, en cuanto le doy la espalda, oigo que murmura:

—Pásatelo bien tú solito.

Ya estoy fuera del edificio. Ya estoy en el coche. Ya estoy en casa. Ya estoy en mi habitación, donde reina el silencio y un agujero enorme y profundo que, en teoría, deberían taparlo los amigos.

Pero no voy a mentir a estas alturas de mi vida; no soy de esa clase de adolescentes que les sobran los amigos. Si he de ser honesto y sincero, no me queda otra que reconocer la triste y cruda realidad. Enzo tiene razón, soy la misma persona que cuando me mudé a Charleston, y a Ontario, y a Oakland y a Redding.

Soy Nate, o Nat, o Ned, el chaval que tiene varios remolinos y por eso el pelo se le pone de punta, el que lleva camisetas con juegos de palabras que nadie entiende. Sí, me he engañado a mí mismo al creer que algún día podría disfrutar de las mieles de una verdadera y sincera amistad.

Bueno, durante un verano sí lo hice. Pero no logré que durara más que un par de meses.

Me he engañado a mí mismo al pensar que podría ser algo más que una concha que arrastran las olas y que no tiene rumbo fijo. Me he engañado a mí mismo al pensar que, algún día, conseguiría alejarme del agua y quedaría enterrado entre la arena.

Capítulo 8

Hay muchas formas de evitar a la gente.

Siempre hay calcetines que emparejar y *prismatiscopios* que arreglar y deberes que terminar. Nunca acompaño a mamá a hacer la compra, y ya va siendo hora de que eso cambie. Y el despacho de papá, esa madriguera oscura que adora, no se barre y friega solita.

—Narf, ni te imaginas cuánto agradezco esta inexplicable oleada de favores y buenas obras; en serio, es una pasada que estés haciendo todo esto por nosotros —dice papá un día de finales de enero. Estoy pasando el aspirador por la alfombra y le hago un gesto para que levante los pies.

—¿Qué? ¡No te oigo, papá! —grito; el ruido del aspirador amortigua cualquier sonido. Y no pienso apagarlo porque tengo el presentimiento de que se avecina la conversación que llevo esquivando todo el invierno. Y lo que menos me apetece es tenerla ahora.

Pero mi padre es un tipo bastante listo. Y, en lugar de ponerse a chillar como un energúmeno para que pueda oírle, sale de la madriguera y me espera en el pasillo. Sabe que, tarde o temprano, acabaré de limpiar y ordenar su despacho. Al fin y al cabo, la alfombra es bastante pequeña, así que no me quedará más remedio que apagarlo y enfrentarme a la frase que va a repetir las veces que haga falta. Cuando se trata de un tema difícil o peliagudo, papá lo aborda como si fuese un bumerán. Lo lanza con toda su fuerza porque sabe que regresará a él, y que volverá a lanzarlo.

Termino el trabajo porque odio dejar un proyecto a medias. Después de desconectar el aspirador, me entretengo recogiendo el cable y espero lo inevitable.

—¿Es muy malo? —pregunta.

Le miro.

—Bastante malo.

—¿Y en una escala entre «me he dado un golpe en el dedo gordo del pie» y «he hecho explotar el universo sin querer»? —insiste, y espera mi respuesta.

—Echa el freno. ¿Qué te hace pensar que es por algo que he hecho? —replico.

—Porque llevas tres semanas y tres días sin salir de casa y, por lo que sé, al menos te han llamado dos personas distintas que parecían preocupadas por ti.

Le habría preguntado quién había llamado, pero ya sé que son Maritza y Trinity. Si Enzo se hubiera dignado a levantar el teléfono, papá me lo habría dicho de inmediato, lo que significa que intuye que el problema está relacionado, en parte, con Enzo.

—Por cierto, ayer cuando llamó el señor Espósito, ¿por qué le dijiste a mamá que le dijese que no estabas en casa? —pregunto. Es un ataque en toda regla. Estoy seguro de que ahora es él quien desearía tener el aspirador a mano.

—Está bien, mira —dice; se inclina sobre el escritorio y se masajea las sienes—. Voy a serte sincero. El señor Espósito y yo… en fin, tenemos ciertas desavenencias y no conseguimos ponernos de acuerdo en algunos temas. —No ha soltado una bomba nuclear, pero creo que decirlo en voz alta le ha afectado bastante porque parece aturdido—. Sin embargo, sé perfectamente por qué chocamos.

Sí, reconozco que ahora mismo estamos atascados, pero confío en que lograremos superarlo y recuperar la relación que teníamos antes.

Me quedo mirándolo fijamente y, al ver que no dice nada más, se lo pregunto sin rodeos.

—¿Y cómo sabes que lograréis superarlo?

Papá se queda en silencio durante un minuto.

—Porque si sois amigos, al menos coincidiréis en una cosa: querréis seguir siendo amigos.

Él no lo sabe, pero acaba de romperme el corazón. Enzo no quiere seguir siendo mi amigo. Me lo dejó bien claro la última vez que hablamos.

—¿Y si a uno no se le da bien eso de la amistad? —pregunto porque, por lo visto, me apetece torturarme un poco. Papá sonríe; es el fin del mundo, ¿y él reacciona así? No hay quien lo entienda.

—A todos se nos da mal, hijo —dice; coge el aspirador y lo arrastra hasta el armario del salón—. Lo mejor de la amistad es intentar ser un buen amigo.

* * *

Esta semana está siendo bastante horrible, la verdad. Me cuesta conciliar el sueño por las noches y, cuando por fin consigo dormirme, me arrepiento de haberlo hecho.

La pesadilla que me atormenta últimamente es distinta a las demás. Enseguida sé si estoy en ese sueño, a pesar de no aparecer sentado en el carrito de la compra ni en el vagón de una montaña rusa. Esta vez aparezco sobre un suelo de cemento duro y frío.

—¿Hola?

Mi voz debería retumbar. Rodeado de tantas toneladas de cemento, esperaba oír un eco, pero me ensordece un silencio espeso y sofocante, como si el aire se hubiera tragado todo mi mundo. Y, de repente, percibo una voz susurrándome al oído. No es el eco de mi voz, sino la voz ronca y familiar de mi difunta abuela.

—¡Deja de deambular por ahí, jovencito! ¡O un día, cuando menos te lo esperes, no volverás a casa!

Lo repetía cada dos por tres. Es lo único que recuerdo de ella. Estoy convencido de que también me dedicó palabras tiernas y abrazos de oso, pero esa advertencia se me quedó grabada a fuego en la memoria. Aunque no sirvió de nada, qué lástima. Mis sueños siempre hacen que divague, que deambule. Siempre lo han hecho, y siempre lo harán.

Poco a poco, un resplandor empieza a iluminar la estancia. Y es entonces cuando me doy cuenta de que estoy en la fábrica Manzana Dorada, en ese pasillo infinito con puertas cerradas a cal y canto a ambos lados, las mismas que han sido testigos de nuestras travesuras y crímenes de poca monta. Por desgracia, no he traído las ganzúas, así que golpeo y aporreo todas las puertas de ese pasadizo eterno. Pero nadie contesta.

Cuando por fin llego al final del pasillo, me topo con una puerta distinta a las demás. Esta es de madera, con tablones clavados en la parte superior y una serie de candados que cuelgan de las bisagras. Arranco los tablones y echo un vistazo a los candados. Todos están forzados. Empujo la puerta, tras la que desciende una escalera altísima y muy empinada. Me asomo, pero no consigo ver el fondo. Está demasiado oscuro.

—¡Aaron! —llamo, pero el sonido queda apagado, amortiguado. Lo pruebo de nuevo—: ¡Mya! —chillo, pero mi voz se pierde de nuevo en ese abismo sordo, como antes.

Soy consciente de que no debería cruzar la puerta, pero mi abuela tenía razón; deambulo por donde se supone que no debo hacerlo. Tengo una corazonada, un presagio. Mi instinto me dice que allí donde no debería ir es donde encontraré las respuestas sobre el paradero de Aaron y Mya.

Las paredes de cemento están heladas, así que me froto los brazos para entrar en calor. A tientas, palpo el aire en busca de una barandilla que no existe. Debo andarme con cuidado; antes de bajar un escalón, apoyo la punta del pie para asegurarme de que está ahí. Y, poco a poco, acometo el descenso en picado hacia las entrañas de ese edificio. Ya no parece la fábrica Manzana Dorada, sino el sótano prohibido de la casa de los Peterson.

En el sueño, los peldaños cada vez son más altos y más abruptos. Y, en un momento dado, cuando trato de apoyar la punta del pie en el siguiente, ya no lo encuentro. Aguanto la respiración y bajo el siguiente escalón. Las paredes que antes estaban frías y secas ahora parecen embadurnadas de una especie de grasa negra y se han vuelto resbaladizas. Por fin bajo el último escalón, pero el suelo que piso no es como esperaba. Trato de mantenerme cerca de la pared, pero patina demasiado. Pierdo el equilibrio y me caigo de bruces sobre ese suelo gélido y húmedo.

Me envuelve una oscuridad tan opaca que ni siquiera puedo ver mi propia mano.

—¿Aaron? —llamo, pero una vez más, mi voz apenas se oye porque la misma negrura que me cubre la absorbe—. ¿Hay alguien ahí?

Y es entonces cuando caigo en la cuenta de un pequeño detalle: si estoy en un sueño, ¿por qué no puedo despertarme? Y si resulta que no es un sueño… entonces nadie sabe que estoy aquí.

Y, por lo tanto, nadie me está buscando.

—¡Hola! —grito—. ¿Hay alguien? ¡HOLA! —chillo, pero en ese lugar no hay nadie que pueda oírme.

El aire que se respira en ese lugar es distinto, huele a rancio, a viejo, a naftalina, como si se hubiera respirado demasiadas veces. Me arrastro como una serpiente por ese suelo frío y, de repente, una melodía atenúa el sonido de mis jadeos. Son las notas de un órgano a motor que forman la típica cancioncilla que suena cuando se pone en marcha un carrusel.

A lo lejos advierto el débil parpadeo de una vela. Al principio la llama es de color marrón, pero después va tomando una tonalidad naranja, después ocre y, por último, amarilla. La estancia se ilumina y, en ese instante, veo que vuelvo a estar entre las barras metálicas del carrito de la compra. Sé perfectamente qué va a ocurrir ahora. Lo único que quiero es cerrar los ojos para que, cuando vuelva a abrirlos, haya desaparecido de ahí y esté bajo el sol y las nubes y con soplos de aire fresco y limpio acariciándome las mejillas. Pero no, estoy en mi carrito de la compra de siempre; la maquinaria chirría en la oscuridad para auparme, para encumbrarme hasta lo más alto. Se me revuelve el estómago. Echo un vistazo hacia abajo y advierto el parpadeo de decenas de velas. Entorno los ojos y vislumbro un movimiento; sí, son personas pero, desde tan arriba, parecen hormigas diminutas.

—¡Socorro! ¡Por favor, que alguien me ayude! —les grito.

Todos echan la cabeza hacia atrás al mismo tiempo, como si fuesen un ejército robotizado. Y es entonces cuando veo que todos esos rostros son como lienzos en blanco. No tienen facciones, como si alguien se las hubiera borrado de la cara.

Sigo ascendiendo y ascendiendo hasta que, de golpe y porrazo, las máquinas paran. Después, sin previo aviso, el carrito se inclina hacia delante y me arroja a la muchedumbre sin rostro.

Grito a pleno pulmón. La caída va a durar varios segundos. Esa masa de rostros inexpresivos extiende las manos para recibirme. Aterrizo sobre ese océano de manos y me revuelvo y me sacudo para abrirme camino entre los cuerpos para tratar de alcanzar el suelo frío, el mismo del que he tratado de escapar desesperado tan solo unos segundos antes.

Y entonces, a través de un altavoz microscópico instalado en lo más alto de esa sala, oigo una voz amortiguada, apagada, que dice:

—¿Os gusta? Lo diseñé y lo construí yo. Es todo para vosotros, niños.

La voz enmudece y, una milésima de segundo más tarde, una carcajada aguda y ensordecedora retumba en la habitación y hace vibrar el suelo.

—¡Déjame salir! —chillo—. ¡Solo quiero ir a casa!

La sala queda sumida en el silencio y, de repente, todas las velas se apagan. La quietud y la oscuridad son tan abrumadoras que por un momento creo que por fin me he librado de esa bestia demoníaca que me ha encerrado ahí.

Espero y, en medio de esa negrura tan opaca, oigo de nuevo esa voz, solo que esta vez la oigo a tan solo unos centímetros del oído.

—Ya estás en casa.

Me despierto sobresaltado. Noto una sequedad rasposa en la garganta. Me da un ataque de tos y, a tientas, trato de coger el vaso de agua que suelo dejar en la mesita de noche desde que tengo memoria. Pero estoy tan aturdido que no logro cogerlo, sino que lo tumbo y, para colmo, le doy un golpe, sale disparado hacia la esquina de la cómoda y acaba hecho añicos en el suelo.

Oigo a papá soltar sapos y culebras por la boca y después un golpe seco. La voz áspera de mamá aparece en escena. Papá refunfuña algo que no logro entender. Reconozco los pasos suaves y delicados de mamá por el pasillo, viene directa a mi habitación. Intento recoger el desastre de cristales rotos a toda prisa.

—Oh, Narf, ¿qué ha pasado?

—He tirado el vaso sin querer —respondo. Se arrodilla a mi lado y se encarga de recoger los cristales más pequeños porque a mí me tiemblan demasiado las manos. También me ayuda con los pedazos más grandes para que no me corte y aquello no acabe siendo una carnicería. Utiliza una de las esponjas del cuarto de baño para secar el suelo y, cuando por fin ha limpiado mi desaguisado, se acerca a la cama y me arropa, un gesto que significa mucho más de lo que imagina y que no había vuelto a hacer desde que cumplí los cinco años.

—Ha sido una pesadilla —dice; es evidente que no es una pregunta. Suena bastante seria, casi enfadada. Quizá esté molesta porque he tirado el vaso al suelo, o porque la he despertado a las tantas de la madrugada.

—No lo sé —contesto mientras trato de olvidar lo ocurrido; sigo temblando, incluso después de haber estado unos minutos recogiendo y limpiando.

—Últimamente tienes muchas pesadillas —dice. Sigue seria, pero esta vez apoya una mano sobre mi frente, como si quisiera comprobar si tengo fiebre. Veo que mira de reojo por la ventana, la misma desde la que se ve la casa de los Peterson.

—No es para tanto —murmuro. Quiero tranquilizarla, pero es una mentira como una catedral. Se queda mirándome fijamente durante un buen rato y yo hago lo mismo porque, en ese momento, me parece lo más sensato.

—¿De qué va? —me pregunta, y, de repente, me entra un calor insoportable. Aparta la mano de mi frente, como si hubiera notado ese subidón de temperatura, y esta vez sé por qué nos estamos mirando sin decir nada. No hace falta que me pregunte sobre el sueño porque ya lo sabe. Y de sobras—. ¿El supermercado?

Me quedo sin aire en los pulmones.

—Coge aire por la nariz y expúlsalo por la boca, Narf —me aconseja. Y obedezco sin rechistar porque es mi madre y una sabelotodo.

Y cuando por fin creo que se me ha asentado el estómago y que no voy a vomitar en cualquier momento, le pregunto:

—¿Y cómo lo sabes?

Está ansiosa por levantarse de la cama y salir de mi habitación.

Sí, todos los músculos de su cuerpo están rígidos y tensos y acaba de apoyar las manos sobre el borde de la cama como si quisiera darse impulso y salir escopeteada de ahí. Pero en lugar de huir, agacha la mirada y la clava en el suelo, como si hubiera visto una esquirla de vidrio que no hemos recogido antes.

Tras un largo silencio, dice:

—Tu Bobe tenía… ciertas preocupaciones.

Aunque pueda parecer increíble, hasta ese momento no había caído en la cuenta de que mamá jamás había hablado de la abuela, salvo de la logística que implicaba convivir con ella. Al principio teníamos que llamarla todos los sábados por la noche para que la abuela (a quien mamá siempre ha llamado Bobe) no se ofendiera ni molestara. Después tuvimos que convencerla de que se mudara con nosotros, pues los años no pasan en vano para nadie. Tenía achaques cada dos por tres y era muy peligroso y arriesgado que viviera sola. Más tarde todos teníamos que ocuparnos de que tomara la medicación porque, de lo contrario, siempre se olvidaba. Falleció, pero la lista de cosas que hacer seguía siendo interminable: organizar el funeral, vaciar su habitación, decidir quién se iba a quedar con los metros y metros de tela de encaje antiguo que se trajo de Polonia cuando emigró del país.

Hubo que llorar su muerte y estar de luto, y mamá cumplió como se espera de cualquier hija.

Pero después de tachar todas las tareas pendientes que quedaban en la lista, nunca volvimos a mencionar a la abuela. Ni siquiera tenemos una fotografía suya en casa. Pienso en la inmensa colección de retratos e instantáneas de la señora Espósito que su familia se ha encargado de enmarcar y colgar por toda la casa para recordarla, para honrarla. Hurgo en mi caótica mente en busca del recuerdo que mandamos diseñar e imprimir para el funeral de la abuela. Pero no consta en mis archivos cerebrales. Apenas conocía a mi abuela. Lo poco que sabía de ella lo guardé a buen recaudo, en una caja fuerte indestructible. No era una mujer charlatana y siempre tuve la sensación de que sus palabras eran como un secreto que debía proteger. Nunca entendí por qué, pero tampoco lo pregunté. La abuela sabía cosas. Sabía cosas que solo yo sabía, y sabía cosas que me aterrorizaba saber.

Y ahora, por primera vez en mi vida, empiezo a sospechar que mamá también debía de saber esas cosas.

—¿Qué ocurrió? —le pregunto a mi madre, pero ella no despega los ojos del suelo. Me armo de valor e insisto—. ¿Qué me ocurrió?

Esta vez sí me mira. Tiene los ojos vidriosos. Esa imagen me deja de piedra porque mamá nunca, nunca, nunca llora.

—Ella te comprendía —responde—. Te comprendía mejor que nadie, o eso creo.

La miro fijamente, esperando oír un «pero». La abuela podía ser muchas cosas, pero «comprensiva» no sería la palabra que elegiría para describir a la mujer que me instiló más miedo que mi pesadilla recurrente más espantosa.

—Ella te comprendía, y por eso se preocupaba tantísimo por ti —añade mamá; de pronto, arruga la frente y cierra los ojos, como si estuviera rememorando una escena invisible para mí—. Recuerdo que te llamaba lobo.

Yo también lo recuerdo. Al principio me pareció un apodo que me iba como anillo al dedo. Pensaba que mi abuela me consideraba un cazador astuto, malicioso y con un instinto agudo. Pero enseguida me percaté de que, en realidad, me consideraba una bestia salvaje destinada a vivir en completa soledad y que, a menos que dejara de deambular como alma en pena, jamás lograría encajar en una manada.

—Mira, Bobe era de la vieja escuela —dice mamá, en un intento de suavizar la percepción que tenía mi abuela de mí—. Creía que los niños imaginativos eran… ejem… —empieza, pero le está costando una barbaridad dar con una palabra que no resulte humillante—: vulnerables.

—Creía que era débil, un pusilánime —aclaro. Estoy agotado. Lo que menos me apetece ahora mismo es leer entre líneas.

—No. Débil, no —insiste mamá—. Pensaba que estabas en peligro.

Pongo los ojos en blanco porque eso es precisamente lo que significa ser débil.

—Pensaba que suponías un peligro para ti mismo —añade, y luego hace una pausa. Aprovecho ese momento para considerar la diferencia entre ser un gallina que se acobarda a la primera de cambio y ser demasiado intrépido y atrevido hasta el punto de acabar siendo un peligro para tu propia seguridad.

—Pero no hice nada —replico, un tanto a la defensiva. Y, después, rectifico—: En aquel entonces.

Mamá trata de esconder una sonrisa. No quiere revolver el pasado, así que obviamos lo que ocurrió en la tienda de la señora Tillman. Nadie ha vuelto a sacar el tema desde el accidente de la señora Peterson.

Así que, en lugar de rememorar ese episodio, dice:

—Tenías la manía de… deambular sin rumbo.

—Dormido —murmuro.

Mamá ladea la cabeza.

—Nunca has sido sonámbulo, cielo. De vez en cuando divagabas, te quedabas en Babia; tu cuerpo estaba ahí, pero tu cabeza parecía estar en otro lugar. Te perdías en tus propios pensamientos y… no sé cómo explicarlo… desaparecías.

—¿Y? Todos los niños lo hacen —replico, un tanto a la defensiva. Ella contiene otra sonrisa.

—Pero no como tú. Le pillaste el truco enseguida y te desconectabas del mundo día sí, día también.

Y entonces su sonrisa se desvanece y, por un segundo, me aterra que pueda saber la verdad, que no es solo una anécdota de mi infancia, sino que las pesadillas siguen atormentándome y empujándome a deambular por la noche. Pero es imposible. De haberlo sabido, me habría encerrado en la habitación y habría colocado una barricada en la puerta para impedir que saliera.

No, debe de haber otra razón para que mi madre haya dejado de sonreír.

—Hizo algo —anuncia mamá. Y, de golpe y porrazo, se pone a llorar. Nada de ojos vidriosos o lágrimas que amenazan con derramarse en cualquier momento. No, se echa a llorar a moco tendido. Se lleva las manos a la cara para intentar disimular, pero ya es demasiado tarde para eso. Quiero hacer algo para consolarla, para tranquilizarla, pero me he quedado petrificado y soy incapaz de pensar. Nunca la había visto así, tan destrozada, tan vulnerable, tan frágil.

Y así, en un abrir y cerrar de ojos, regresa el malestar, las arcadas, la inquietud, la preocupación. Porque ver a tus padres llorar a lágrima viva te desconcierta y pone tu mundo del revés.

—Tu padre y yo decidimos marcharnos unos días. Necesitábamos irnos —recalca, un poco a la defensiva, así que intento adivinar qué he podido hacer o decir que haya podido parecer un ataque, o una amenaza—. Me lo advirtió. Me avisó muchísimas veces. Muchísimas —repite, y sacude la cabeza—. Siempre me decía: «Este niño deambula sin rumbo. Si te quedas de brazos cruzados y no haces nada para detenerlo, acabará haciéndose daño».

Mamá se frota la cara para secarse las lágrimas, pero lo hace con tal fuerza que deja unas marcas rojas en las mejillas.

—Tienes que entenderlo, Nicky. Por aquel entonces, tu Bobe ya había empezado a… ejem… a perder la cabeza, por decirlo de algún modo.

Lo cierto es que se le iba la olla. Siempre la recuerdo regañándome y señalándome con un dedo acusador. Sí, estaba totalmente fuera de sus cabales.

—Cuando tu padre y yo volvimos a casa —continúa mamá en voz baja, con la cabeza gacha—, Bobe estaba… aquí, sentada en la punta del sofá, como si estuviese esperando a alguien.

Mamá parece confundida, como si el recuerdo de ese día la abrumara. Y entonces veo que tuerce el gesto y, oh, por los Sagrados Alienígenas, creo que se va a echar a llorar otra vez. Respira hondo y recupera la compostura, y se apresura a contarme el resto de la historia.

—No estabas en casa. Le preguntamos mil veces dónde estabas, pero no soltaba prenda. Estaba desesperada, así que la agarré por los hombros y, que Dios me perdone, pero la abofeteé como si fuese una cría y…

—¿La abuela me dejó solo en el supermercado?

Mamá se vuelve hacia mí y me sujeta la cara con las manos.

—Solo tenías tres años. Dios mío, jamás pude perdonárselo. Te abandonó. Te dejó en la trastienda.

Me suelta y se cubre la boca con las manos. Ha estado a punto de perder los estribos, pero se está recomponiendo. Sé que, después de esta conversación, no volveremos a tocar el tema nunca más.

—A su modo de ver, creo que estaba convencida de que así estarías a salvo… Quería darte una lección y demostrarte que, a veces, si uno deambula sin rumbo fijo, puede no encontrar el camino de vuelta a casa. Que a veces, uno se…

—Pierde —termino.

Mamá vuelve a lanzarme una de sus miradas inquisitivas, como si estuviera tratando de averiguar lo que estoy pensando, o sintiendo. Le dedico una sonrisa para que deje de hacerlo.

—Está bien, mamá —digo, aunque no es verdad.

Apoya de nuevo la mano sobre mi frente y, al fin, encajo las piezas del rompecabezas. No pretende comprobar si tengo fiebre, sino si puede leerme la mente. O quizá crea que así puede despejar los pensamientos negativos y sustituirlos por otros más alegres, más felices. Ojalá fuese así de sencillo.

—Ya no deambulo tanto como antes —murmuro. Es mentira, pero es una mentira piadosa que ayudará a que mamá se sienta mejor. Mi madre es un hueso duro de roer y es difícil engañarla, pero estoy cansado, y ella también.

—Ve a dormir, Narf —dice, y me planta un beso en la frente.

Necesita descansar, es evidente. Quiero que vuelva a su habitación, con papá, pero en lugar de eso se hace un ovillo a los pies de mi cama. Dice que prefiere esperar a que me duerma, pero en el fondo sé que no es por eso. Acaba de confesar algo que llevaba mucho tiempo callándose; su revelación se ha quedado suspendida en el aire y no se atreve a dejarme a solas con ella. La mayoría de gente, cuando se desahoga y saca a la luz un secreto tan siniestro, se siente liberada, pero al parecer a mamá le ocurre justo lo contrario. Supongo que es porque, cuando uno esconde un secreto tan tóxico, al final acaba desgastándote, carcomiéndote y abriendo un agujero en lo más profundo de tu corazón. Y uno no puede llenar un vacío si se siente culpable al respecto.

Sin embargo, no culpo a mamá. Y, por extraño que pueda parecer, tampoco culpo a mi abuela. Si mamá está en lo cierto, si mi abuela me conocía mejor que nadie y podía entenderme, entonces no me cabe la menor duda de que hizo lo que hizo para protegerme. Está amaneciendo y, bajo ese cálido resplandor, echo un vistazo a mis manos. No doy crédito a lo que ven mis ojos. Antes, en plena oscuridad, mientras recogía los añicos del vaso roto, no me había dado cuenta pero tengo las manos manchadas de grasa. Es la misma grasa con la que estaban embadurnadas las paredes a las que he intentado aferrarme en el sueño, justo antes de precipitarme por esa escalera tan empinada y aterrizar en... en lo que fuese que he aterrizado. Sí, antes de despertarme de esa pesadilla, me he levantado de la cama y he deambulado por... por algún lugar que no recuerdo.

Tal vez la idea de mi abuela, la de encerrarme en la trastienda de un supermercado, no funcionó, pero al menos lo intentó. Y, ahora que lo sé, todavía la quiero más que cuando estaba viva y me daba tanto miedo que me hacía pipí encima.

Tardo unos minutos, pero al fin consigo dormirme. Mamá sigue enroscada como un gato a mis pies. Me parece oír un murmullo e imagino que está desperezándose. Cuando abro los ojos, la luz que se cuela por la ventana es brillante, casi cegadora. Puedo mover los pies con total libertad y, todavía medio adormilado, echo un vistazo a los pies de la cama. Mi madre ha desaparecido y, en su lugar, hay una montaña de sábanas arrugadas.

—Aaron —susurro, de forma inconsciente, sin darme apenas cuenta.

El murmullo es incesante, así que me levanto de la cama a la velocidad de la luz, corro hasta la ventana y deslizo la mosquitera. Y justo entonces ese suave susurro enmudece. Mi sexto sentido no me ha fallado esta vez; asomo la cabeza y, entre las enredaderas que se arrastran por la fachada de nuestra casa turquesa, advierto un trozo de papel de libreta.

El enrejado cruje al notar mi peso, pero me da lo mismo. Si se parte algún tablón, le propondré a mi padre hacer algo rollo padre e hijo y lo arreglaremos. Ahora mismo solo oigo el martilleo de mi corazón; no quiero hacerme ilusiones, pero pondría la mano en el fuego de que Aaron acaba de estar ahí, en mi casa, a apenas unos metros de mí. ¿Quién sino iba a dejarme una nota en nuestro lugar secreto?

Cuando por fin alcanzo el suelo, recojo la nota y la desdoblo. Sé que es imposible, pero siento que se me para el corazón. Me desplomo sobre el jardín. El césped está gélido. Ayer por la noche llovió a cántaros, por lo que sigue húmedo y me empapa los pantalones de franela del pijama, pero me da lo mismo. Sí, me da lo mismo porque en ese momento solo puedo pensar en una cosa: que la nota no está escrita con la letra de Aaron.

Es una caligrafía mucho más pulcra y está ligeramente ladeada hacia la derecha, formando una cursiva casi perfecta.

> Lo siento, pero no respondes nuestras llamadas, imbécil. Tenemos que hablar. ES IMPORTANTE.
> Nos vemos mañana en el mercado ecológico. Va en serio.

Capítulo 9

Supongo que me merecía esas palabras tan duras e hirientes que Maritza y Trinity me dedicaron en la nota, pero al día siguiente, cuando me abro paso entre la muchedumbre, arrastrando los pies y con la cabeza gacha, no me contengo y les lanzo una mirada asesina cargada de ira y de rencor.

—¿Quién en su sano juicio organiza una feria agrícola en pleno invierno? —refunfuño, y Maritza me ofrece un cuenco de material reciclado a rebosar de rodajas de plátano y con un buen chorro de chocolate fundido por encima. Es su forma de pedirme perdón.

—Mira, si a estas alturas todavía no te has dado cuenta de que Raven Brooks es un planeta de otra galaxia, entonces es que estás ciego —dice Trinity, y me pasa un tenedor.

Me como las rodajas de plátano porque, a quién pretendo engañar, están deliciosas. Poco a poco, el resentimiento va desapareciendo. Me alegra saber que, después de la tremenda discusión con Enzo, todavía me quedan dos amigas en el mundo. Necesito contarles lo que ocurrió en la fiesta del periódico de hace unas semanas, pero por lo visto Enzo ya se encargó de informarlas de nuestra acalorada y aparentemente irreconciliable controversia.

—Enzo no tardará en olvidar lo que pasó —dice Maritza. Es toda una experta en evitar tomar partido. No me lo creo, pero agradezco el comentario.

—Le regalaron el videojuego de *Punch Club* estas Navidades —apunta Trinity—. Como imaginaréis, soy una máquina de combate virtual y le doy unas palizas de muerte, así que está harto de jugar conmigo.

—Por cierto, ¿tuvisteis suerte con la señora Tillman? —pregunto, todavía con la boca llena.

Trinity y Maritza intercambian una mirada cómplice.

—«Suerte» no es la palabra que utilizaría, la verdad —responde Trinity entre dientes.

—No nos andemos con rodeos —intercede Maritza—. Aunque nunca le hayamos hecho nada a esa aspirante a hechicera espiritual, sabe que somos amigas del chaval que le destruyó la tienda y le provocó un colapso nervioso.

—¿Un colapso nervioso? —pregunta Trinity, y arquea una ceja.

—Es *vox populi*, Trinity. La mujer pasó varias semanas en un retiro de meditación en silencio de Santa Fe para conseguir tranquilizarse —explica Maritza.

—A ver, dejemos las cosas claras. Primero, nadie la obligó a encerrarse en un convento. Prefirió pagarse unas vacaciones a comprarse un equipo de sonido nuevo. Y segundo, ¿quieres que te mandemos a un campamento de meditación? Cálmate, por favor.

Maritza pone los ojos en blanco.

—Le preguntamos a la señora Tillman sobre la misteriosa tía Lisa y, después de chillarnos y contarnos con pelos y señales todo lo que hicisteis ese día en su tienda, nos aseguró que el día del funeral solo pretendía mostrarse amable con Lisa y ofrecerle todo su apoyo y comprensión. «Quería seguir la voz de su corazón», dijo, ya sabes, palabrería barata.

—Pues ya está —digo. Se me ha quitado el hambre de sopetón y no quiero seguir comiendo plátano bañado en chocolate.

Maritza enarca una ceja pero, por lo que a mí respecta, no han hallado ninguna pista que nos ayude a seguir el rastro de la enigmática tía Lisa, o a impedir que EarthPro destruya el parque. En pocas palabras, estamos igual que hace un mes.

Salvo un pequeño detalle. Ahora Maritza parece estar un paso por delante de mí.

—Sé que piensas que estamos encallados —dice. Ojalá pudiera demostrarme lo contrario—, pero espera a escuchar la historia entera. Trinity consiguió amansar a la fiera y, tras ganársela a base de halagos, le preguntó quién más podría tener el número de la tía Lisa. La señora Tillman nos aseguró que la única persona que conocía que lo tuviera era la mismísima señora Peterson…

Trinity y Maritza se miran con complicidad y luego se inclinan para que nadie pueda escucharlas.

—¿Qué sabes sobre una agenda con tapa floreada?

Hurgo en mi memoria en busca de cualquier recuerdo que incluya un estampado de flores o una agenda.

Mi mente se detiene en la cocina de los Peterson; para ser más precisos, en la ventana donde la señora Peterson solía disfrutar de su té helado mientras tarareaba una canción triste y melancólica o avisaba a Mya de que la cena ya estaba servida. Recuerdo haberla visto en alguna ocasión frente a la ventana, hablando por teléfono, con aire desenfadado y un tono de vez alegre y dicharachero que nada tenía que ver con el tono comedido que siempre utilizaba cuando su marido estaba presente.

A veces apoyaba el teléfono en el hombro y se le derramaba el té sobre la agenda abierta que siempre guardaba junto al teléfono, una libreta con etiquetas que marcaban las letras del diccionario y que contenía todos los números de teléfono de sus contactos.

Me pongo de pie de un brinco. Casi vuelco ese cuenco desechable.

—¡Es su agenda! —grito. Después me siento, me zampo el resto de rodajas de plátano y chocolate en dos bocados y miro a Maritza y a Trinity—. Primero, dejadme deciros que sois brillantes —digo, y las dos asienten porque es una verdad como un templo—. Segundo, necesitamos encontrar la manera de colarnos en esa casa.

Las chicas intercambian otra miradita conspiradora y entonces caigo en la cuenta de algo. Durante el último mes, me he dedicado a buscar excusas para evitar la civilización y ellas… en fin, ellas han aprovechado el tiempo y han estado maquinando y tramando un plan para entrar en la casa de los Peterson. Un plan que, evidentemente, no incluye «deambular» dormido.

—Vamos a necesitar tus ganzúas, tu archivador y tu *prismatiscopio* —anuncia Maritza.

—Abróchate el cinturón, vaquero —añade Trinity—, porque se avecinan curvas. Va a ser un viaje bastante movidito.

Capítulo 10

Una semana después me doy cuenta de que soy tonto. Tonto de remate. Solo un majadero como yo se plantearía hacer lo que estoy a punto de hacer. Y, para colmo, esta vez tengo cómplices, lo que significa que la tontuna es contagiosa. He convertido a Maritza y a Trinity en dos mentecatas al cuadrado. O eso, o son dos genios malignos más listos e inteligentes que Aaron, lo cual es francamente aterrador.

—Repetidme por última vez que es la única alternativa —suplico.

—Es la única alternativa —asegura Trinity.

—Necesito oír argumentos convincentes y sólidos —insisto.

—Estás mareando la perdiz para retrasar el momento lo máximo posible —apunta Maritza, y eso confirma mis sospechas. Es más lista de lo que parece.

—A ver, me encantaría pasarme el día intentando demostrarte que se trata de una idea genial, pero, según tu cuaderno de bitácora, el señor Peterson volverá a casa en menos de una hora —contesta Trinity.

El plan es bastante sencillo. Es una operación que implica la participación de tres personas; dos actuarán como centinelas y, para ello, se colocarán en los dos puntos de observación que hemos elegido porque gozan de una vista privilegiada de la casa. La tercera se ocupará de colarse en la casa, aunque hemos optado por titularla «operación de rescate» porque preferimos negar el hecho de que lo que nos disponemos a hacer es ilegal, se mire como se mire.

Pero centrémonos en el tema que nos ocupa. Trinity está con el *prismatiscopio*, observando todo lo que ocurre desde la ventana de mi habitación; Maritza está sobre el terreno y no le quita ojo de encima a Trinity, que será quien la avise si se presenta algún problema inesperado. Y eso implica que la persona elegida para colarse en la casa sea yo. Debo entrar por la puerta principal, avanzar hasta la cocina, escabullirme a la sala de estar para así encontrar y copiar el número de teléfono de la tía Lisa de la agenda que está junto al teléfono y salir pitando de allí, y todo antes de que el señor Peterson regrese a casa después de las tres horas que pasa fuera de casa todos los domingos. Hasta el día de hoy, no ha faltado nunca a su cita dominical. No he logrado averiguar adónde va, así que me he convencido de que va al cementerio, a visitar la tumba de su difunta esposa. Supongo que es una estrategia mental para intentar verle como algo más que un monstruo que no se quita ese jersey de rombos de encima. Lo único que sé con total seguridad es que se ausenta tres horas cada domingo, y hoy es domingo, así que no podemos dejar escapar esa oportunidad de oro.

Compruebo la hora. Son las 15.14.

—Tenemos cuarenta y cinco minutos —digo, y Maritza suspira, impaciente.

—Pues manos a la obra.

Y en ese preciso instante suena el teléfono de la cocina. Todos damos un respingo.

—No hay tiempo que perder —susurra Maritza.

—Si son mis padres, no van a parar. Van a seguir marcando el número hasta que responda el teléfono —digo—. Esta noche tienen asamblea en el Ayuntamiento. Supongo que quieren asegurarse de que sé cómo calentar lo que me han dejado para cenar.

Pero, por lo visto, mis padres confían en que ya he aprendido a utilizar el microondas. Quienes llaman son los padres de Trinity, que exigen que su hija cumpla con su deber como ciudadana de Raven Brooks.

—¿Deber qué? —pregunto después de quitarle el teléfono de las manos. Trinity parece abatida después de la conversación.

—Deber cívico. Me obligan a acompañarlos al Ayuntamiento.

—¿Ahora? Pero… ¿por qué? —cuestiona Maritza, que no deja de caminar de un lado al otro de la cocina.

—Creen en la participación ciudadana —dice, como si eso lo explicara todo.

Una cosa está clara: sin Trinity, el plan no va a funcionar.

—Lo haremos el fin de semana que viene —propone. Está tan decepcionada y hundida como nosotros, por lo que prefiero callarme lo que estoy pensando, que quizá ya será demasiado tarde para Aaron y para Mya.

Se dispone a marcharse, pero antes de cruzar la puerta, se vuelve y nos mira a los ojos, como si acabara de ocurrírsele algo.

—Esperadme —dice, aunque parece más bien una advertencia que un ruego—. Sin los tres, el plan es demasiado arriesgado.

Maritza y yo asentimos con la cabeza, pero no decimos nada.

Cierro la puerta y, al girarme, veo que Maritza me está mirando fijamente con esos ojos redondos y marrones.

—No —digo—. No, no, no. Trinity tiene razón. Sabes que tiene razón. Es demasiado peligroso, Maritza.

—Y tú sabes que esto no puede esperar —replica, y entrecierra los ojos.

—Alguien debe vigilar la operación. Necesitamos un centinela —discuto, pero sé que, en esta discusión, tengo todas las de perder.

—¡Yo seré la centinela!

—Pero ¡te necesito en el terreno!

Maritza da un paso hacia mí. Está cerca, muy cerca. Empiezo a sudar como un pollo. ¿Por qué estoy sudando? ¿Se habrá dado cuenta? ¿Y si apesto? ¿Lo notará?

—Nicky, fuiste tú quien me convenció de tramar este plan. De no haber sido por ti, nunca habría creído que Aaron y Mya nos necesitan.

Sé que es una táctica psicológica. Está intentando hacer que me sienta culpable. El sentimiento de culpabilidad se ha convertido en mi mejor amigo, así que si hay alguien que sepa sobre el tema, ese soy yo. Aunque eso no significa que su estrategia no esté funcionando a las mil maravillas.

—Y sabes tan bien como yo que, en este caso, el tiempo es oro. No podemos dejar que los días pasen en vano y arriesgarnos a que suceda alguna desgracia. Nunca nos lo perdonaríamos. No sabemos lo que el pirado del señor Peterson está ocultando en el parque, pero recuerda que, de la noche a la mañana, todas las pruebas podrían desaparecer para siempre porque la ciudad se ha empeñado en construir un Buy Mart y olvidar que los Peterson tenían dos hijos.

Dios mío, Maritza me está asustando. Es toda una experta en hacerme sentir culpable.

—Hemos trazado un plan, y es un buen plan. Empezamos a tirar del hilo con la tía Lisa. Averiguamos si Aaron y Mya realmente viven con ella. Si es así, todo este lío no habrá servido para nada, pero créeme, nos alegraremos de que así sea. Y si no viven con ella…

Suelto un suspiro.

—Si no se han mudado con su tía Lisa, entonces sabremos que esconde algo.

No digo lo que creo que el señor Peterson podría estar escondiendo. Todavía no estoy preparado para decirlo en voz alta.

Maritza asiente.

Nos quedamos un par de minutos en el porche, repasando y ensayando el plan varias veces para no meter la pata. Apenas hemos cambiado nada, tan solo algún que otro detalle. Nos agachamos y nos deslizamos hacia la hilera de arbustos; una vez ahí, asomamos la cabeza y comprobamos que estamos total y completamente solos. En cuanto nos aseguramos de que nadie nos vigila, Maritza cruza la calle con total normalidad, como lo haría cualquier peatón, y se escabulle hacia los restos de la valla de postes blancos del señor Peterson. Unos minutos más tarde, trazo el mismo camino, solo que tomo un desvío y me escondo debajo de unas mesas que han apilado junto a la acera. Maritza sigue el plan al pie de la letra y arrastra el cubo de la basura desde la valla hasta la puerta principal. No podíamos dejar ningún cabo suelto, ni arriesgarnos a que algún transeúnte curioso me viera tratando de forzar la cerradura, así que decidimos que el cubo serviría para ocultarme. Después, Maritza vuelve a ponerse a cubierto junto a la valla.

Según el plan original, ahora vendría la parte en que Maritza ocuparía su posición de vigilancia, junto a Trinity, para así tener una vista panorámica de la calle y poder avisarme si se acercaba algún intruso sospechoso.

Sin embargo, solo podemos contar con la vigilancia de Maritza desde el suelo, por lo que vamos a tener que ser mucho más cuidadosos, o mucho más rápidos.

O ambas cosas.

Maritza comprueba la hora.

—Las tres y veinticinco de la tarde. Manos a la obra.

Me devano los sesos tratando de dar con un argumento lo bastante convincente para disuadirla, para abrirle los ojos y demostrarle que lo más sensato sería esperar a Trinity. Pero antes de que se me ocurra algo, Maritza atraviesa de nuevo la calle, y esta vez lo hace con el sigilo de un ninja y la velocidad de una gacela. Durante un segundo incluso me parece haberle perdido la pista, pero no, ahí está, agazapada tras los arbustos.

De repente, algo entre un aullido y un grito rompe el silencio. Un gato de pelaje grisáceo se escurre por la acera, con el lomo y las orejas gachas, bufa a la valla de postes blancos y después sale escopeteado hacia la calle y desaparece entre los matojos de la casa del vecino.

Maritza asoma su cabecita entre los postes desconchados. Se sacude el pelo y echa un vistazo a ambos lados de la calle. Una vez comprueba que todo está despejado, me hace señas para que salga de mi escondite. Me siento como si estuviera en el juego de «un, dos, tres, al escondite inglés» y estuviese a punto de rozar la pared con la yema de los dedos; se me escapa una risita nerviosa cuando alcanzo el árbol que crece bajo la ventana de Aaron.

—Suenas como un pirado —susurra Maritza.

—Y tú pareces una pirada —replico.

Me manda callar y levanta un segundo cubo de basura tras el que me escondo y después se escabulle de nuevo hasta la valla pero, a medio camino, frena en seco y se vuelve.

—Recuerda: si oyes un golpecito en el cristal de la ventana…

—Lo sé. Salgo de inmediato.

Corre hasta su madriguera, tras la valla, y espera a que abra el cerrojo. Hurgo en el bolsillo trasero de mis pantalones y saco mi juego de herramientas que guardo en una bolsita de cuero. Me tiemblan tanto las manos que me resbala, cae al suelo y se desliza por el césped.

«Contrólate, Nicky.»

La voz de Aaron se cuela por mis oídos y retumba en mi cabeza. Abro la bolsita de cuero y me quedo mirando las ganzúas. Hace meses que no pruebo a abrir un mísero candado. No he sacado mis herramientas de casa desde que Aaron desapareció. En cierto modo, utilizarlas sin él habría sido como una traición.

—Pero ahora no —balbuceo entre dientes.

Porque ahora las voy a utilizar para ayudarlo. Quizá sea por esa repentina esperanza, pero las manos por fin dejan de temblequearme. Primero pruebo con la ganzúa de rastrillado y rezo por no tener que necesitar un torquímetro. De todas las casas que hay en el mundo, no habría sido descabellado imaginar que la de Aaron pareciese un bastión fortificado, una especie de trinchera impenetrable. Y, como era de esperar, el rastrillado no funciona, así que tengo que recurrir a la ganzúa de punta redonda. No se me habría ocurrido esa opción, la verdad. Tal vez sea una especie de psicología inversa para mentes criminales.

Sin embargo, la idea no me consuela. He logrado abrir la puerta principal de la casa de los Peterson casi sin esfuerzo. Arrastro el cubo de la basura hasta la acera, tal y como hemos pactado antes, y me escurro a toda prisa hacia el porche, me cuelo en la fortificación, cierro la puerta y echo el segundo pestillo por encima del pomo. Apenas presto atención al chasquido que se oye después de deslizar el pasador.

A primera vista, me da la sensación de que no ha cambiado nada. Atravieso el vestíbulo, paso por la sala de estar y llego a la cocina. Me extraña que la isla que antes ocupaba el centro de la cocina haya desaparecido; en su lugar, el señor Peterson ha colocado una mesa y unas sillas de madera. Pero hay un detalle que no ha cambiado: los ventanales que hay junto al fregadero y que conducen hasta el cuarto de baño siguen ahí.

Y en ese instante me percato de ese olor. Cuesta creer que haya tardado tanto en distinguirlo; quizá el miedo y los nervios bloquean ese tipo de cosas. Pero el hedor es horroroso. Me recuerda a ese verano en que mamá se olvidó una bolsa con carne picada en el coche y se quedó ahí durante tres días.

Echo un vistazo al cubo de basura que hay en la esquina de la cocina. La bolsa está recién puesta. Pienso en el contenedor que he empujado hasta la acera y en las bolsas que se han ido amontonando en la curva de la casa de los Peterson durante los últimos meses. No sé de dónde proviene ese olor, pero no puede ser fruto de la pereza de no sacar la basura, desde luego.

Casi de forma inconsciente, empiezo a recular hacia la puerta, a deshacer mis pasos y a dirigirme hacia un pasillo distinto, el mismo que conduce directamente al despacho del señor Peterson, con el *collage* de fotografías en las que aparece Aaron en todos los rincones del parque temático, el pasillo que conduce directamente al sótano que nunca he podido ver con mis propios ojos.

Observo la sala, completamente a oscuras, y los tablones de madera que conforman la escalera hacia el sótano. El silencio que reina en esa parte de la casa es absoluto.

—¿Aaron? —susurro. Sé que es inútil. ¿Cómo no iba a serlo? Es imposible que esté ahí abajo. Imposible. Trago saliva—. ¿Mya? —llamo, esta vez en voz alta. Se me acelera el pulso y espero oír una respuesta que sé que no llegará.

Pero aun así…

Oigo un golpecito en la ventana que tengo a mis espaldas y doy un respingo. Tengo que apoyarme en la encimera de la cocina para no perder el equilibrio. Pero no pierdo un solo segundo y trato de analizar la situación: la piedrecita que golpea el cristal, el destello de luz que se refleja en el parabrisas… es el coche del señor Peterson.

Echo un vistazo al reloj. Las 15:49. Según mis cálculos, todavía no debería llegar a casa.

«¡Muévete, imbécil!»

Me giro hacia la derecha. Y después hacia la izquierda. Todas las superficies de la casa están despejadas, vacías. Me siento atrapado. De repente, me doy cuenta de que la agenda de flores que había junto al teléfono se ha esfumado.

Reacciono un poco tarde, y soy consciente de ello. En cierto modo, tengo la impresión de que se me ha parado el cerebro. Me tiro al suelo y, agazapado, intento buscar un rincón en el que esconderme. El primer escondrijo que encuentro son las puertas dobles del armario que hay al final del pasillo. Salgo escopeteado hacia allí y consigo cerrar las puertas un segundo antes de oír el chirrido de la puerta del conductor.

Oigo que el señor Peterson se apea del coche; parece que lleva varias bolsas en la mano porque oigo el crujir del papel. Y después, silencio. Agudizo el oído para tratar de averiguar qué está pasando. Aunque la quietud solo dura unos segundos, a mí me parece una eternidad. Se me revuelven las tripas en cuanto reconozco los pasos del señor Peterson; se está alejando de la puerta principal y se está acercando a los arbustos, es decir, a Maritza. Me temo lo peor, empezar a oír voces humanas, las torpes explicaciones de Maritza, las aterradoras amenazas del señor Peterson. Pero me equivoco porque no se oye nada, ni un murmullo. Lo único que rompe el silencio es el chirrido del metal sobre el hormigón que me pone los pelos de punta. Es un sonido idéntico al que he hecho al arrastrar el cubo de la basura hasta la acera. El chasquido dura un segundo, tiempo más que suficiente para ajustar la pieza. Es como si alguien hubiera enderezado el marco de un cuadro que se había torcido.

Los pasos se acercan. El tintineo de un juego de llaves que se deslizan en el cerrojo y, en un abrir y cerrar de ojos, el señor Peterson ya está dentro de casa.

Da dos pasos y frena en seco; estoy convencido de que está olisqueando el aire porque también ha notado el hedor, pero no le han entrado arcadas. Me lo imagino escudriñando el recibidor, buscando algo que esté fuera de lugar.

He oído que algunos animales salvajes tienen el sentido del oído tan agudizado y desarrollado que incluso pueden oír el bombeo de la sangre en el cuerpo de su presa. La verdad es que cuando lo leí me pareció tan increíble que no lo creí, pero he cambiado de opinión. Estoy hecho un manojo de nervios y, de repente, me asalta una duda: ¿y si el señor Peterson fuese capaz de oler mi presencia a través de ese asqueroso hedor que ha invadido la casa?

Se gira para cerrar la puerta principal, pero algo capta su atención y, una vez más, se me revuelven las tripas; me parece oír que se agacha para inspeccionar el cerrojo de la puerta. Me acerco a la ranura que queda entre las dos puertas del armario y asomo la cabeza. De puntillas y tratando de no hacer ningún ruido, avanzo por el pasillo y vislumbro al señor Peterson; está pasando un dedo por el marco de la puerta. De pronto, oigo un ruidito, exactamente el mismo ruidito que he ignorado cuando he cerrado la puerta.

Arranca un trozo de cinta transparente y es entonces cuando encajo las piezas y lo comprendo todo. Cinta adhesiva. Por eso no ha instalado una cerradura imposible de abrir, porque lo único que le interesa saber es si alguien ha intentado forzarla.

Y ahora sabe que alguien la ha forzado.

Me escondo entre las sombras del pasillo y me escabullo de nuevo hacia el armario. Con paso torpe y atropellado, oigo que se dirige hacia la cocina. Deja una bolsa sobre la encimera, abre la puerta de un armario y saca una tabla de cortar. Después se acerca al taco de los cuchillos, extrae un cuchillo con una hoja larga y afilada de ese bloque de madera y lo coloca con sumo cuidado sobre la tabla de cortar.

Con una velocidad alarmante, vuelca la bolsa de papel y un gigantesco trozo de carne cruda y sangrienta cae sobre la tabla. Ahogo un grito y, casi de inmediato, me llevo una mano a la boca, pero la pausa apenas dura unos segundos porque luego empieza a tararear una melodía que me parece haber oído antes, una canción de cuna que me pone los pelos del brazo como escarpias.

El señor Peterson corta el cordel que sujeta el trozo de carne cruda y sigue canturreando la melodía, pero esta vez un par de tonos más alto. Y entonces, como si su profunda voz de barítono lo hubiera impelido a hacerlo, cuando levanta el brazo por encima de la cabeza advierto el brillo del filo del cuchillo. Lo sostiene ahí arriba un par de segundos y después lo deja caer sobre el pedazo de carne, partiéndolo por la mitad. Le cuesta Dios y ayuda arrancar el cuchillo de esa masa roja y, cuando por fin lo consigue, vuelve a alzar el cuchillo para asestar un segundo hachazo a la carne.

Observo horrorizado el espectáculo. No pretende filetear ese bloque de carne cruda, sino mutilarlo, o eso parece. No quiero apartar los ojos de la encimera, pero la curiosidad siempre vence a la razón y acabo desviando la mirada hacia su cara. Advierto un brillo ávido y codicioso en sus pupilas, un brillo que se intensifica cada vez que levanta el cuchillo y lo deja caer sobre el pedazo de carne. La vibración de sus cuerdas vocales, que no dejan de tararear esa dichosa melodía, hace que su inconfundible bigote se agite y se mueva al son de la canción. Afino el oído y, por extraño que pueda parecer, me da la impresión de que no está entonando la canción, sino exhalándola.

De golpe y porrazo, deja de arrullar la melodía y empieza a cantarla con perfecta claridad.

Tom, Tom, el hijo del gaitero,
robó un cerdo y escapó cual vaquero.

Alza el cuchillo y, una vez más, el filo acaba aterrizando sobre la carne, pero esta vez aunque no alcanza el mármol de la encimera, clavado en la tabla de cortar.

Entonces eleva la mirada y me quedo petrificado porque juraría que es capaz de ver a través de los listones de madera del armario y ver que estoy ahí escondido. Sé que es humanamente imposible, pero pondría la mano en el fuego que sabe que estoy ahí.

El cerdo se comieron y a Tom apalearon,
y Tom se marchó corriendo calle abajo.

La sangre que debería estar circulando por mi cuerpo se ha quedado atascada en algún punto, estoy convencido. Las piernas y los brazos se me han congelado y se han convertido en meros témpanos de hielo. No me noto las manos. La última vez que las moví fue para cubrirme la boca, pero solo los Sagrados Alienígenas saben dónde están ahora. El ritmo es viejo y simplón y, de repente, me transporto al patio del colegio, a un baile que acompañaba esa melodía, una danza popular con serpentinas y un palo de mayo altísimo, pero nada de eso importa porque el señor Peterson no está tarareando una dulce y alegre canción popular mientras prepara una receta deliciosa para cenar. En realidad, está entonando una advertencia que retumba en las paredes de su casa, una casa que huele a rancio y que sabe que no está vacía.

—Bien —dice con voz amenazante, y estoy convencido de que está hablándome directamente a mí—. ¿Dónde he puesto la sal?

Y entonces esboza la sonrisa más espeluznante que jamás he visto, se seca esas manazas con un trapo sucio y mugriento y da un paso en dirección al armario. Y luego da otro. Y otro. Alarga el brazo, agarra el pomo de la puerta y tira de él.

Suena el timbre.

El señor Peterson suelta el pomo de la puerta y cierra la mano en un puño. Se queda ahí quieto, como si fuese una estatua de mármol, y espera unos segundos. Intuyo que quiere comprobar si se trata de alguien que pasaba por mera obligación, como el cartero o la *girl scout* encargada de vender galletas en ese vecindario, pero el timbre vuelve a sonar. Y esta segunda vez lo hace con más insistencia. Me parece oír un suspiro de resignación.

Desaparece tras una esquina y, a lo lejos, oigo que abre la puerta principal de la casa.

—¿Es usted el señor T. Peterson? Necesito que firme esto.

Todavía no me siento las manos, pero un milagro divino hace que consigan empujar las puertas del armario. No me lo pienso dos veces y salgo escopeteado de mi escondite. Ya me da igual si hago ruido. Sé que solo voy a tener una oportunidad de salir de ahí, y no pienso desaprovecharla.

Corro despavorido por el pasillo y, justo cuando estoy a punto de llegar al cuarto de baño, me fijo en un detalle que, hasta entonces, me había pasado desapercibido; por el rabillo del ojo, advierto que uno de los cajones de la cocina está resquebrajado. Es el que está justo debajo del teléfono y, por la grieta, vislumbro unas florecitas sobre una tapa dorada.

El instinto me empuja a recular y entrar en la cocina. Soy un manojo de nervios con patas. Abro el cajón roto y cojo la agenda pero me olvido de cerrarlo. Cuando arranco a correr de nuevo, tropiezo con el cajón abierto y me caigo de bruces en el suelo. En ese preciso instante oigo el chirrido metálico de las bisagras de la puerta principal, lo que significa que el señor Peterson ya se ha deshecho del mensajero. Cierro el cajón, pero no me doy la vuelta. Salgo pitando de la cocina, me meto en el cuarto de baño, abro la ventana, me cuelo por el agujero, la cierro, me agacho y me quedo ahí inmóvil, debajo de la ventana del lavabo y con la espalda pegada a la pared.

El camión de reparto se está alejando calle arriba. Observo la valla que tengo frente a mí. Es altísima.

Hace muchísimo tiempo que no trepo por una valla de esas características y, por si fuera poco, estoy bastante seguro de haber visto un cartel de «CUIDADO CON EL PERRO» en varias de las casas del vecindario. Pero nada de eso me detiene, así que escalo esa valla, y luego dos más. Supongo que debe de ser por la adrenalina, porque no paro en ningún momento. Me encaramo a todas las vallas que protegen los jardines traseros de la calle Jardín encantador, hasta que, por fin, llego a la última. Me quedo parado unos segundos para recuperar el aliento y secarme el sudor de la frente.

—Ya podemos despedirnos de tu plan.

Me sobresalto y doy tal respingo que acabo tropezando con unos arbustos y cayéndome de culo.

Maritza enseguida acude en mi ayuda; extiende el brazo y me saca de ahí, aunque debo decir que tiene que tirar con todas sus fuerzas para lograrlo.

—Once minutos. Ha llegado once minutos antes de lo previsto —digo mientras sacudo la cabeza—. Supongo que deberíamos haber hecho caso a Trinity.

—Sí —murmura Maritza con seriedad, pero después me dedica una sonrisa—. De nada, por cierto.

El retintín que percibo en su voz hace que me ponga a la defensiva. Ha llegado el momento de mostrarle el botín que he robado, pero entonces recuerdo lo que ocurrió justo antes de que encontrara esa agenda.

—¿Tú…?

—Pagué al tipo de American Parcel cinco pavos para que llamara al timbre —anuncia. Es evidente que está muy orgullosa de su hazaña.

Soy plenamente consciente de que sigo vivito y coleando gracias a ella, y a su ingenio. Le debo, como mínimo, un gigantesco cuenco de rodajas de plátano recubiertas de chocolate, pero no estoy dispuesto a permitir que se lleve todo el mérito.

Me retuerzo y saco la libreta que había guardado entre la cintura del pantalón y mi espalda. Maritza abre los ojos como platos. Por fin recupero la sensibilidad en las manos. Y, de repente, siento que una corriente eléctrica recorre todo mi cuerpo.

Ya he empezado a pasar páginas cuando caigo en la cuenta de que estamos en mitad de la calle y a plena luz del día. En otras palabras, estamos demasiado expuestos al peligro.

—Venga, vamos a llamar a la tía Lisa.

Esta vez decidimos trepar y saltar las vallas del otro lado de la calle hasta llegar al jardín de mi casa y colarnos por la puerta trasera. Una vez dentro, voy corriendo al despacho de mi padre para coger el teléfono mientras Maritza busca los contactos que empiezan con la letra P.

—¿Cómo sabemos si conserva su apellido de casada? ¿Y si ya no es una Peterson? —pregunta, pero Maritza me quita el teléfono de las manos. Está impaciente.

—Porque lo sigue siendo —contesta, y señala con el dedo a un o una tal L. Peterson, el cuarto nombre de la lista de teléfonos de la familia Peterson.

Empieza a marcar el número y, justo en ese momento, recuerdo un detalle muy crítico.

—Espera un segundo.

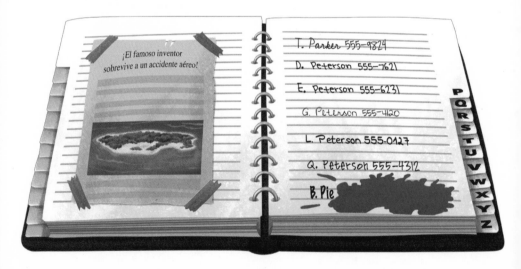

Subo las escaleras a la velocidad de un cohete espacial y empiezo a hurgar en todos los cajones del escritorio. Estoy desesperado porque no encuentro lo que he venido a buscar, pero entonces me acuerdo de que guardé una caja en el armario en la que metí todas las piezas de cachivaches y artilugios a las que todavía no he encontrado un uso. La saco del armario y rebusco entre los motores y teclados desmontados hasta que, al fin, encuentro ese aparato que más bien parece un ladrillo y que papá se empeña en convencerme de que es una grabadora. Me lo regaló en setiembre, cuando por fin decidió comprarse una grabadora profesional. Creía que había quedado desfasada y que no serviría para nada, así que me lo dio con la esperanza de que pudiera aprovechar alguna pieza. Obviamente, me subestimó. Ahora funciona mejor que nunca.

Bajo las escaleras; Maritza está esperándome con los dedos sobre los botones, así que cuando asiento con la cabeza marca los últimos cuatro dígitos y sostiene el teléfono un poco lejos de su oído para que los dos podamos oír la conversación y grabarla.

Tras cuatro tonos, responde una mujer.

—Hola. ¿Tía Li...? Perdón, ¿con quién hablo? ¿Eres Lisa Peterson?

La mujer al otro lado de la línea telefónica titubea.

—¿Quién pregunta por ella?

—Nosotros, ejem, somos amigos de Aaron y de Mya —explica Maritza con voz temblorosa. Está demasiado nerviosa—. De Raven Brooks.

La mujer no responde.

—Y bueno... llamábamos porque... en fin... ¿Podríamos hablar con ellos, por favor?

Silencio. No se oye nada, ni siquiera el sonido de una respiración. Por un momento temo que haya colgado, o que la conexión se haya interrumpido.

Y de repente volvemos a oír la voz de la mujer, pero esta vez no advertimos vacilación o duda, sino algo más parecido a la ira.

—¿Y por qué diablos llamáis aquí? ¿Acaso creéis que vais a encontrarlos aquí? ¿Es que ni siquiera su padre sabe dónde están?

Maritza y yo intercambiamos una mirada de confusión y perplejidad.

—El señor Peterson nos dijo que había decidido enviar a Aaron y a Mya a vivir contigo durante una temporada, y… el caso es que… ejem… nos gustaría saber… pues cómo están y eso.

La respuesta tarda en llegar, igual que antes. Pasan varios segundos, pero nada. Cualquiera diría que se ha quedado muda. Y, de repente, sin musitar palabra, sin tan siquiera despedirse, la tía Lisa cuelga el teléfono.

Nos quedamos petrificados y observando el auricular del teléfono. Es más que evidente que ha querido poner punto y final a nuestra conversación, así que no tiene ningún sentido que siga grabando.

—Supongo que es verdad —resuelve Maritza, y me alegro de que sea ella quien lo diga en voz alta, porque yo no me siento capaz de hacerlo—. El señor Peterson ha mentido sobre el paradero de sus hijos.

Seguimos con la mirada clavada en el teléfono, como si esperáramos que ese aparato anticuado pudiera darnos algún tipo de respuesta, pero algo me dice que la tía Lisa de Minnesota no va a volver a respondernos a una nueva llamada telefónica, al menos de momento.

De pronto, siento que me invade una oleada de rabia incontrolable. Me exaspera que los adultos de esta ciudad prefieran mirar hacia otro lado en lugar de averiguar dónde diablos están Aaron y Mya.

—Sí —respondo con los dientes apretados, y agarro la grabadora con más fuerza—. Es verdad. Solo que esta vez sí tenemos pruebas que demuestran que miente como un bellaco.

Capítulo 11

El patio está lleno de adolescentes que parecen igual de entusiasmados y eufóricos por volver a clase como nosotros. Todos están hartos porque se han pasado las vacaciones de Navidad poniéndose al día con las lecturas obligatorias del curso y resolviendo ecuaciones de segundo grado. Me da la impresión de que soy el único que se ha presentado al instituto nervioso, inquieto, preocupado. La idea de toparme con Enzo en algún pasillo me perturba. Y, por si eso fuese poco, todavía tengo que explicarle a Trinity cómo conseguimos esa grabación de la tía Lisa. Sin embargo, las pruebas para entrar en el equipo de baloncesto son hoy, así que las posibilidades de cruzarme con él son bastante escasas. Solo hemos coincidido en una clase, y se las ha ingeniado para ignorarme por completo.

Con Trinity no va a ser tan fácil.

—¿Que habéis conseguido qué? ¿Y cómo? ¿Estáis locos?

—Una cinta en la que se oye a la tía Lisa diciendo que Aaron y Mya no viven con ella. Terminamos la misión. Y sí, estamos locos —responde Maritza a toda pastilla, casi sin respirar. Le agradezco que me haya ahorrado el mal trago de explicárselo.

—Hablo en serio. ¿En qué estabais pensando? ¿Es que habéis perdido un tornillo y no me he enterado? ¿Os habéis parado a pensar lo que podría haberos ocurrido? —nos regaña Trinity.

Hago una mueca de asco y dolor al imaginarme el filo del cuchillo que el señor Peterson no dejaba de hundir en el trozo de carne cruda que había dejado caer sobre la tabla de cortar.

—Sí, la verdad es que puedo hacerme una idea —digo.

Trinity inspira hondo y me asalta la duda de si está tan exasperada como celosa por no haber podido vivir ese momento en primera persona, por no haber estado presente cuando conseguimos hablar con la tía Lisa.

—Necesitamos algo más —concluye Trinity, y Maritza se pone a hacer aspavientos con los brazos.

—¿Hola? ¡La Tierra llamando a Trinity! ¡Admitió que Aaron y Mya no están viviendo con ella en Minnesota!

—Lo que significa que el señor Peterson mintió a alguna vecina entrometida y chismosa sobre dónde están sus hijos. Pero no significa que les haya hecho algo malo —resume Trinity con su distintiva calma y serenidad.

—¡Por supuesto que sí! —grita Maritza.

Aunque detesto tener que admitirlo, Trinity lleva razón.

—Aunque la grabación es la prueba irrefutable de que ha mentido, ¿de qué nos sirve? —digo, a regañadientes—. Podría inventarse otra trola sobre el «verdadero» paradero de sus hijos y volveríamos a estar en las mismas.

—O peor —añade Trinity—. Porque ahora sabe que estamos al acecho y que no le quitamos ojo de encima. Estoy segura de que ahora será más cuidadoso y no dejará ningún cabo suelto, ni ninguna pista que pueda delatarle.

Nos quedamos en silencio unos segundos.

—Necesitamos algo más que una prueba que demuestre que no están en Minnesota. Necesitamos una prueba fiable y fehaciente de dónde están.

Repaso las pesadillas que me han estado acechando y atormentando durante los últimos meses y recuerdo la mano de ese maniquí asomándose entre la mugre, y el día en que, sonámbulo, me levanté de la cama a altas horas de la madrugada y empecé a excavar y a desenterrar algo bajo las sombras de la montaña rusa Corazón Podrido.

—El parque —digo, casi sin pensar.

Trinity sacude la cabeza, lo cual me sorprende un poco.

—Llegamos tarde. De eso trataba la asamblea que se celebró ayer por la noche en el Ayuntamiento. La gente de EarthPro ya ha levantado una valla alrededor del parque de atracciones y ha instalado varias cámaras de seguridad.

Siento que me quedo sin oxígeno, que no puedo respirar.

—Igual que en la fábrica.

—Exacto. Y han convocado otra reunión en el Ayuntamiento mañana por la noche para la votación final. El resultado será decisivo e irrevocable.

—Después de tres meses esperando... al fin sabremos qué va a pasar. Aunque, para qué engañarnos, van a destrozar el parque —dice Maritza mientras niega con la cabeza.

—Y precisamente por eso debemos averiguar qué esconde ahí. Y debemos hacerlo antes de que lo arrasen todo —propongo.

Maritza asiente con la cabeza.

—Recordad, necesitamos pruebas. ¿Quién tiene una cámara?

Las dos se vuelven hacia mí.

—A mí no me miréis.

—¿Cómo es posible que tú, un friqui de los cachivaches electrónicos, no tengas una cámara? —pregunta Maritza con tonito acusador.

Me encojo de hombros.

—Está en la lista.

Maritza fulmina a Trinity con la mirada.

—Ni de broma. Mi padre se la regaló hace apenas unos días y todavía no la ha estrenado. ¡Me matarían!

Por suerte, Maritza decide ponerme al día para que pueda entender qué está pasando.

—Se la regaló a su madre por su cumpleaños. Es una cámara de última generación, con objetivos y todo eso.

—Para llevársela a Uganda este verano —añade Trinity—. Para poder documentar las granjas de sorgo, ¡no para espiar a un vecino! No, no y no. Me niego en redondo. Y hablo totalmente en serio. Es imposible, y punto. Además, no puedo cogérsela porque se enteraría seguro.

—¿Aunque fuese solo una noche? —insiste Maritza—. ¿No te quejas siempre de que tus padres trabajan demasiadas horas y que salen de la oficina tardísimo cada día?

Sé que debería echarle una mano a Trinity, pero necesitamos esa cámara.

—Te prometo que iremos con mucho cuidado —digo, y a juzgar por cómo Trinity deja caer los hombros, sé que está a punto de ceder.

—Quedamos a las siete en casa de Nicky. Entraremos por la puerta trasera, por si acaso —ordena Maritza, y todos asentimos sin rechistar.

* * *

Esa noche, durante la cena, apenas cruzamos palabra. Los tres estamos pensativos, abstraídos, con la cabeza en otra parte. Papá está preocupado por la reunión que tiene esta noche en el periódico con el señor Espósito y la señora Yi. Todos sabemos que es una encerrona para convencer a papá de que escriba el maldito artículo y así decantar la balanza de una vez por todas. Después de leer el artículo, los vecinos de Raven Brooks votarán a favor de ceder los terrenos del parque temático a EarthPro. Mamá, por otro lado, está molesta conmigo. Esta noche se celebra «La Velada de la Alianza Científica» en la universidad y, por lo visto, durante mi encierro so-

140

cial, cuando no estaba en plena posesión de mis facultades mentales, me ofrecí a acompañarla y así darle la oportunidad de enseñarme por qué debería apuntarme al Club de Jóvenes Biólogos.

—Lo siento, mamá. De veras que lo siento. Pero es que Trinity y Maritza cuentan conmigo, y no puedo dejarlas colgadas en el último momento.

—Pero sí puedes dejar colgada a tu madre en el último momento —replica mamá; está dolida y decepcionada conmigo, pero ¿qué puedo hacer? La única forma de conseguir que entre en razón y me entienda sería diciéndole la verdad. Pero eso implicaría contarle con todo lujo de detalles lo que pretendemos hacer esta noche, lo cual es impensable, por lo que me he inventado todo tipo de excusas para evitar el tema.

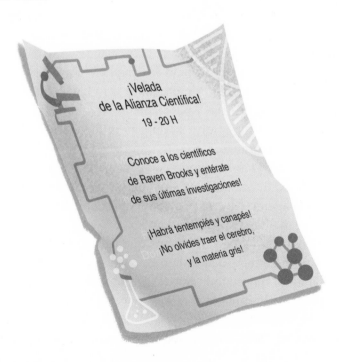

¡Velada
de la Alianza Científica!
19 - 20 H

Conoce a los científicos
de Raven Brooks y entérate
de sus últimas investigaciones!

¡Habrá tentempiés y canapés!
¡No olvides traer el cerebro,
y la materia gris!

—A ver, no es que quiera que seas científico —dice, un pelín a la defensiva.

Arqueo una ceja.

—Está bien, eso sería genial, lo admito. Por fin tendría a alguien con quien hablar de moléculas —reconoce, y esta vez es papá quien se siente atacado.

—¡Yo hablo de moléculas contigo! —protesta, y hace un mohín.

Mamá pone los ojos en blanco.

—Lo que quiero decir es que no tienes que ser científico o periodista o padre o lo que sea. Lo único que te pedimos es que seas *algo*.

Me quedo mirando el plato. Creo que ya soy muchas cosas, pero dudo que mamá o papá las valoren lo suficiente como para sentirse orgullosos de su hijo único por ello.

—Necesitamos que nos demuestres que tienes inquietudes, que sientes una pizca de curiosidad por alguna cosa —dice papá mientras da un bocado a un pastelito de chocolate. Es extraño, pero parece que se hayan intercambiado los papeles. Papá está actuando como suele hacerlo mamá. Me pregunto si lo han pactado así antes de cenar para confundirme y persuadirme.

—Como esta noche —dice mamá, para meter más leña al fuego—. ¿Qué es eso tan importante que debes hacer que te impide darle una oportunidad al mundo de las ciencias? —pregunta, como si «el mundo de las ciencias» fuera el equivalente a una verdura de aspecto poco apetecible que tuviera que probar antes del postre.

Y, por fin, me llega la inspiración.

—La fotografía —digo—. Hemos quedado con Trinity para que nos muestre la cámara que le han regalado a su madre. Viaja por todo el mundo y retrata todo tipo de cosas.

A mamá se le ilumina la cara y, aunque está tratando de disimularla, a papá se le escapa la sonrisa.

Y lo mejor de todo es que ni siquiera he tenido que mentir.

—La fotografía —repite mamá, y se zampa el resto de la cena en silencio. Pero esta vez, el silencio no resulta incómodo.

Asiento. Queridos Alienígenas, por favor, no me convirtáis en polvo por haber contado la verdad a medias.

He conseguido sobrevivir a la cena y, como guinda del pastel, con todas mis moléculas intactas. Respiro hondo, me despido de mis padres, entro en casa y espero junto a la puerta del patio trasero a que Maritza y Trinity lleguen.

* * *

Es una cámara de muy buena calidad. Me ha costado una barbaridad convencer a Trinity de que me permita cogerla y toquetearla un poco. Y, después de demostrarle que tenía una ligera idea de lo que estaba haciendo con los botones y objetivos, me ha dejado echar alguna instantánea desde la ventana de mi habitación.

El alcance es mejor y más definido que el de mi *prismatiscopio* y, por supuesto, tiene un añadido con el que mi invento estrella no puede competir, y es que es capaz de capturar fotografías, es decir, de conseguir pruebas de las actividades del señor Peterson.

—Ahora solo necesitamos pillarle con las manos en la masa —suspira Maritza.

Ha dicho en voz alta lo que todos estamos pensando. Saco el horario diario del señor Peterson del archivador y confirmo lo que ya sospechaba: la tarde de los jueves, la franja entre las siete y las nueve para ser más exactos, está marcada como VARIABLE, lo que significa que unas veces sale de casa y otras no.

Casualidad o no, en ese preciso instante se oye un chirrido y los tres nos volvemos y nos agachamos al unísono. El señor Peterson está saliendo de su casa por la puerta principal, en dirección al coche. Sin embargo, no se sube al coche, sino que se dirige hacia el jardín trasero y vuelve arrastrando la misma carretilla que tenía la última vez que fue al parque de atracciones Manzana Dorada, cuando casi nos pilla a Maritza y a mí espiándole.

Sin embargo, esta vez lleva algo en la carretilla.

—¿Es una…? —susurra Trinity, que asoma la cabeza por el alféizar.

—Una pala —termino. Por el rabillo del ojo veo que Maritza se aferra a su mochila, como si estuviera espantada.

Atraviesa el jardín y empieza a alejarse por la acera, empujando la carretilla. Los tres seguimos agazapados bajo la ventana.

—¡Vamos, o lo perderemos! —sisea Trinity.

Salimos de casa por la puerta trasera y, para evitar que nos vea, decidimos ir por los jardines traseros de las casas, es decir, saltando y trepando las vallas que separan las parcelas. Cada vez que escalamos una valla, nos detenemos unos segundos para comprobar que no hemos perdido el rastro del señor Peterson. Trinity se ha colgado la cámara de su madre del cuello y sujeta la correa con una mano para evitar que se balancee y se golpee con algo.

Como era de esperar, el señor Peterson va directo al corazón del bosque; toma un camino que se ha convertido en un camino familiar para mí y, con toda probabilidad, también para Maritza. Trinity encabeza el grupo, pero no musita palabra en todo el trayecto. Avanzamos a hurtadillas y, como no queremos dar un paso en falso, siempre nos movemos entre los arbustos. Trinity es la encargada de asomar la cabeza, comprobar que no hay moros en la costa y hacernos señas para que la sigamos. Seguimos al señor Peterson pero manteniendo una distancia más que prudencial. Gracias a Dios, la pala no deja de moverse en la carretilla metálica, por lo que ese traqueteo metálico constante amortigua cualquier sonido, como el crujido de las hojas secas bajo nuestros pies o nuestra respiración agitada.

Por fin llegamos a la antigua entrada del parque de atracciones Manzana Dorada, con su cartel carbonizado y el mapa del parque garabateado con pintadas de algún que otro vándalo. Las malas hierbas se han apoderado de las barras de metal oxidadas y del resto de las ruinas. Ya han empezado a construir una valla alrededor, pero todavía no han terminado las obras y está inacabada, sobre todo en la parte trasera. Allí yacen varios rollos de malla metálica.

El señor Peterson tiene una misión que cumplir y no vacila, sino que va directo a esa parte del parque, donde está la montaña rusa Corazón Podrido.

Fue justamente allí donde aparecí esa noche. Me da la sensación de que ocurrió hace una eternidad, pero en realidad fue hace muy poco. Sí, aparecí en ese preciso lugar, removiendo la tierra en busca de algo que ahora me aterra encontrar.

Maritza señala el escondite en el que nos ocultamos cuando pillamos al señor Peterson saqueando el parque. Nos deslizamos hacia esa hilera de arbustos descuidados y vegetación exuberante y observamos anonadados que empieza a llenar la carretilla con varias piezas de las máquinas. Arranca cables de los vagones de la montaña rusa y recorre todos los rincones de la zona para recuperar los escombros de su creación, ahora destruida. Ha dejado la pala apoyada sobre el tronco de un árbol y la parte metálica resplandece bajo la pálida luz de la luna.

El señor Peterson está jadeando; lo oigo desde aquí. Unas gotas de sudor empiezan a empaparle la frente. Lo sé porque brillan bajo la misma luz plateada que ilumina la parte superior de la pala. Por un momento, olvido por completo las fotografías que encontré en su oficina, pero un chasquido me sobresalta, y los tres nos quedamos paralizados. El señor Peterson se pone derecho, con las manos llenas de cables y piezas sueltas, y examina los árboles durante unos instantes. Después, retoma el trabajo.

Todos respiramos aliviados y, con un gesto de barbilla, indico a Trinity que siga adelante. Y eso hace. Se oye un segundo ruidito, pero el señor Peterson no reacciona, por lo que intuyo que no hemos llamado su atención. Quizá crea que se trata de una criatura que ha salido de su madriguera y corretea por el bosque. Hasta el momento, todo va sobre ruedas, pero no debemos olvidar a lo que hemos venido: a conseguir pruebas. Y lo único que ha hecho es robar basura, lo cual no puede considerarse el crimen del siglo. Así que todavía no tenemos pistas que nos ayuden a descubrir el paradero de Aaron y Mya.

Y entonces empieza a tararear. Es la mima dichosa melodía que canturreaba mientras trituraba ese trozo de carne —sobre un crío que robó algo y al que castigaron duramente por ello— y, por un segundo, pienso que sabe que estamos ahí, espiándolo, pero sigue hurgando en la basura, colmando la carretilla de chatarra, ajeno a los chasquidos que emite la cámara cada vez que toma una instantánea.

Cuando ya no cabe ni un cachivache más en la carretilla, se vuelve hacia la pala, se seca el sudor de la frente y empieza a cavar. Pulso el botón de disparo varias veces seguidas al percatarme de que se trata del mismo lugar en el que aparecí desenterrando algo. Sí, eso confirma mis sospechas, pero no me alegro por ello. Nada me tranquilizaría más que saber que hemos estado fotografiando a un tipo que ha perdido la chaveta, que Aaron y Mya están sanos y salvos en casa de otra tía lejana y que no «deambulo» sonámbulo sin ton ni son. Aunque no descarto la posibilidad de que sea un malentendido, una extraña coincidencia.

¿Verdad?

De repente, se desploma sobre el suelo. Vemos que se arrodilla, que apoya las manos en la mugre que acaba de remover y que las sumerge en el fango. Después saca las manos del barro, se estruja la cara y las sienes le quedan manchadas de barro.

Su rostro se tiñe de púrpura. Unas nubes se arrastran por el cielo y eclipsan la luz de la luna. Vuelve a cerrar las manos en un puño y, de golpe y porrazo, se pone a apalearse la cara.

—¡Idiota, idiota, idiota! No pude detenerlo. ¿Por qué no pude detenerlo?

A mis espaldas, Trinity pulsa el disparador una o dos veces más. Y luego para. Todos observamos fascinados y horrorizados cómo el señor Peterson se desborda, se rompe en mil pedazos.

—Jamás me creerán. Nunca lo creerán. Pero no tuve alternativa. ¿Por qué no pueden entender que no me quedó otro remedio que hacerlo?

No sé quién de los tres está tiritando, pero el tembleque está empezando a agitar las hojas. Apoyo una mano sobre la pierna que no deja de vibrar; creo que es la pierna de Maritza.

El señor Peterson por fin se aparta las manos de la cabeza.

—Mi angelito, por favor, perdóname.

Y entonces clava la pala en la montaña de tierra y hurga en el agujero que ha excavado.

147

Sostiene algo en la mano. La luna ha vuelto a aparecer y, bajo su resplandor, veo que se trata de algo largo y pálido.

Todo ocurre demasiado rápido. Maritza ahoga un grito y se lleva una mano a la boca pero está tan nerviosa que, sin querer, le asesta un codazo a Trinity. El golpe la pilla de improvisto y, sin pretenderlo, pulsa un botón de esa cámara de última generación y dispara una instantánea, no sin antes producir el destello de luz más cegador que jamás he visto.

Se instala un silencio atronador entre nosotros, un silencio pesado, asfixiante. Y, de repente, alguien tira de mí con todas sus fuerzas, como si quisiera levantarme, y oigo una voz que me ordena a gritos que eche a correr.

—¡Vamos, vamos! —chilla, y es entonces cuando me doy cuenta de que es Trinity.

—¡No, vayamos por aquí! —brama una segunda voz. Reconozco a Maritza. Suerte que alguien me sujeta la mano, me arrastra por el bosque y me guía por los angostos senderos de tablones de madera porque, de lo contrario, me habría perdido. Todavía no veo un pimiento. El *flash* era realmente potente.

—Oh, Dios mío. Oh, Dios mío.

—¡No pierdas los papeles, Mari! ¡Todavía no!

—Oh, Dios mío, es cierto. Es cierto.

—¡Mari!

—¡Aquí dentro!

Me arrojan de un empujón a un lugar oscuro y cerrado que huele a hierba recién cortada y a boñiga. Y no puedo estar más agradecido porque es ahí, en ese agujero negro, donde por fin empiezo a recuperar la visión. Enseguida me doy cuenta de que estoy frente a una puerta de madera maciza. Advierto una grieta, me asomo e intuyo que nos hemos escondido en el cobertizo de una de las casas de las afueras de la ciudad, las que construyeron junto al lindero del bosque.

Y en ese preciso instante aparece el señor Peterson; está sosteniendo la pala y arrastra la parte metálica por el asfalto con aire amenazador.

—Tom, Tom, el hijo del gaitero —canta, y Maritza me estruja la mano con tanta fuerza que incluso me crujen los nudillos—, robó un cerdo y escapó cual vaquero.

Trinity menea la cabeza lentamente, como si estuviera rezándole a todos los ángeles de la guarda y rogándoles que no se fije en el cobertizo. Pero no sirve de nada. Tras examinar la calle, clava la mirada en nuestra guarida. Estamos como sardinas en lata, agazapados, con las manos entrelazadas y la respiración agitada.

—El cerdo se comieron, y a Tom apalearon —continúa, y se acerca un paso más, arrastrando la pala y canturreando esa horrible canción—. Y Tom se marchó corriendo calle abajo —termina, y después escupe una ensordecedora carcajada.

Se acerca un paso más, y después otro. Agarra el mango de la pala con fuerza. Sé que no vamos a sobrevivir a eso, que nuestro tiempo en este mundo ya se ha terminado. Sí, ha llegado la hora de mi muerte. Estuvimos a puntito de conseguirlo, pero fracasamos. Hemos fallado a Aaron y a Mya. He fallado a mis padres porque les he mentido, porque me he negado a mostrarles mi potencial, porque no he charlado sobre moléculas con mi madre y porque jamás le dije a mi padre que no era culpa suya que los trabajos no le duraran más de unos meses. Me abrazo y me preparo para el final.

Y entonces oigo un ruido… ¿Un eructo?

El señor Peterson se da la vuelta y echa un fugaz vistazo a su alrededor. Abre tanto los ojos que por un momento temo que vayan a salírsele de las órbitas. Se acercan pasos, y no son los del señor Peterson.

Oigo otro eructo. Y otro, pero esta vez seguido de un gruñido, o un resoplido, o un estornudo.

—Frank Beauregard Tuttle. Por el amor de Dios, ¿se puede saber qué estás haciendo ahí? Margaret Adelaide, ¡sabes de sobra que no me gusta que os alejéis tanto! ¡Traed vuestros traseros lanosos aquí ahora mismo!

Siento que Maritza deja de apretarme la mano. Trinity se lleva una mano a la boca para tratar de disimular una risita nerviosa. Enseguida reconozco el escenario, aunque ya no sé si mis ángeles de la guarda son los Sagrados Alienígenas o Aaron.

—Eh, ¿quién anda ahí? —grita Granjero Llama desde lejos y, a través de la ranura, veo que el señor Peterson empieza a recular. Levanta la pala para no arrastrarla y no hacer ningún ruido—. ¡Esto es una propiedad privada! —amenaza Granjero Llama—. ¡Llamaré a la policía!

El señor Peterson lanza una última mirada a la puerta del cobertizo tras la que estamos escondidos. Es una mirada cargada de odio, de ferocidad, de maldad. Después, se da media vuelta y desaparece entre la negrura de la noche.

Los pasos del Granjero Llama cada vez suenan más cerca. Ya he soltado la mano de Maritza y ahora estoy abrazado al gigantesco cortacésped. El Granjero Llama se ha enzarzado en una tremenda discusión con sus queridas llamas y, mientras, nosotros seguimos sudando como pollos. Al darse cuenta de que sus adoradas y peludas mascotas le obedecen a la primera, empieza a suavizar el tono.

—Anda, pero mirad quién viene por ahí —dice, con cierta admiración—. Creo que esta noche os merecéis un caprichito. Sí, os lo habéis ganado. Papá os va a regalar un boniato entero a cada una.

Una de las llamas estornuda.

—¿Has pillado un resfriado, Maggie?

Conduce a las dos llamas hacia el establo. Los gruñidos y bufidos cada vez se oyen más lejanos. Creen que les espera un banquete propio de un héroe. Si pudiera, les regalaría un camión entero de boniatos asados.

Esa noche, después de que Trinity nos jure y nos perjure que se encargará de dejar el carrete de la cámara en el Photo Mat en cuanto abra sus puertas a primerísima hora de la mañana, me tumbo en la cama y trato de no pensar en lo que me ha dicho Maritza después de que acompañáramos a Trinity hasta su casa. Es imposible que tenga razón, así que lo más sensato es que borre de mi memoria lo que ha dicho.

Pero engañarse a uno mismo es lo más estúpido que uno puede hacer. No es imposible. Después de todo lo que hemos visto y vivido esta noche, después de confirmar nuestras sospechas, no puedo descartar esa posibilidad.

Da igual cuántos cojines apile sobre mi cabeza. Da igual que me tape los oídos con la almohada. Haga lo que haga, no podré silenciar su voz, no podré enmudecer a Maritza. Sus palabras siguen retumbando en mi cabeza como pelotas de goma. Se ha empeñado en explicarme qué fue lo que la sobresaltó, lo que hizo saltar el *flash* de la cámara, lo que provocó que tuviéramos que escapar de allí a toda prisa.

—Era un cadáver, Nicky. Ha desenterrado el brazo de un muerto.

Capítulo 12

Las posibilidades de que ayer por la noche pudiera conciliar el sueño eran nulas. Pero estaba al borde de la extenuación y, cada vez que pestañeaba, notaba que los párpados me pesaban y me costaba muchísimo volver a abrirlos. La verdad es que habría preferido no pegar ojo en toda la noche. La idea de dónde y cómo podría acabar me asustaba demasiado, y tampoco me atrevía a construir una barricada impenetrable en la puerta de mi habitación porque eso habría implicado tener que confesarles a mis padres que durante los últimos meses he salido de casa sonámbulo a altas horas de la noche.

«Ha desenterrado el brazo de un muerto.»

No logro quitarme las palabras de Maritza de la cabeza. Al principio creí no haberla oído bien, pues no es el comentario que habría esperado de ella.

—La Tierra llamando al señor Roth —oigo que grita el señor Pierce. Pestañeo varias veces y por fin salgo de ese trance hipnótico. Veo algo borroso, pero advierto que está delante de la pizarra digital, señalando una oración que, por lo que parece, estamos analizando.

—¿Qué?

—Te lo vuelvo a preguntar. ¿Puedes identificar el adjetivo que está mal colocado?

El señor Pierce lo dice como si fuese la pregunta más importante del mundo. Oigo que Seth se desternilla de risa desde el fondo de la clase.

—Tío, ¿cómo puedes seguir con tu vida sabiendo que hay un adjetivo mal colocado? Haz el favor de colocarlo bien. Me estás poniendo enfermo. Es como cuando te cuelga un moco. Tienes que sonarte sí o sí.

Ruben le asesta un puñetazo a Seth en el hombro mientras hace rodar una pelota de baloncesto con los pies. Es la primera vez que Enzo no se sienta al lado de Ruben. Echo un vistazo y me doy cuenta de que se ha sentado en la otra punta de la clase y, en su silla habitual se ha apoltronado un chaval muy flaco y alto como un pino. Jamás lo había visto en clase, y está riéndose a carcajadas junto con Seth y Ruben.

—Pues a diferencia de ti, prefiero que me cuelgue el moco a que se me quede atascado en la garganta —digo, sin pensar. Pero estoy tan cansado que me da lo mismo.

—Ya basta. Parad todos —dice el señor Pierce, pero nadie le hace caso. Esta batalla, al menos, ya la ha perdido.

—Qué asco. ¿En serio te tragaste una bola de mocos? —pregunta una chica, y aparta su pupitre para alejarse de Seth.

—¡No me la tragué!

—¡No fue capaz de escupirla, eso es todo! —salta Ruben en un intento de defender a su amigo, pero el otro alumno que estaba sentado junto a Seth también empieza a retirar su pupitre.

—Señor Pierce, ¿podemos dejar de hablar de bolas de mocos? Tengo un estómago muy sensible —ruega la chica que se sienta detrás de mí.

—Tienes que empezar desde el fondo de la garganta —ofrece alguien más—. Todo es cuestión de proyección.

—Voy a vomitar.

Y así hemos continuado durante diez minutos más, hasta que ha sonado el timbre. Diez minutos que se me han hecho eternos, por cierto. Debo admitir que he dejado de prestar atención en cuanto me he percatado de que Enzo tampoco estaba escuchando el debate que

se había formado a nuestro alrededor. Tenía la mirada clavada en algo que había en el suelo, en la parte frontal del aula. Después ha sonado el timbre y he intentado acercarme a él con disimulo, pero he sido demasiado lento. Ha sido el primero en salir de clase. Tal vez, si hubiera dormido largo y tendido y hubiera estado más despierto, enseguida habría unido las piezas del rompecabezas. Sin embargo, hasta que no he pasado por delante del gimnasio, no lo he comprendido.

Ahí, sobre la puerta metálica de las pistas de baloncesto hay un papel con una lista de nombres. Los nombres están divididos en dos columnas: «Titulares» y «Suplentes». No leo el nombre de Enzo en ninguna lista.

Equipo de baloncesto masculino del Instituto de Raven Brooks

Titulares

Collin Jones

Seth Jenkins

Ruben Smith

James Kinsman

Jake Louis

Suplentes

David Miles

Michael Gonzalez

Christopher Park

Matthew Wheelahan

Travis Coleman

Josh Brown

Tyler Wray

Le llamaré por teléfono en cuanto llegue a casa, pero luego, en cuanto pongo un pie en mi habitación, me dejo caer en la cama y ya no soy capaz de hacer nada más. Me quedo dormido como un tronco y me despierto cuando mis padres vienen a rescatarme.

—Ha llegado el momento de pasárselo bomba —dice papá, lo que es una mentira como una catedral.

* * *

Se suponía que esta noche iba a llover a cántaros, pero en lugar de eso la ciudad queda cubierta de un fino manto de nieve. Y hace muchísimo frío. Por fin ha llegado el crudo invierno. Soy de los que opinan que mejor tarde que nunca, pero en esta ocasión no puedo estar de acuerdo. Cualquiera habría pensado que la tormenta de nieve que azota la ciudad habría sido motivo más que suficiente para cancelar la reunión en el Ayuntamiento, pero parece ser que nada —ni la lluvia, ni el frío que te hiela hasta los huesos, ni las discusiones que se han mantenido durante la cena, ni la decencia humana— es lo bastante importante y grave como para que los vecinos de Raven Brooks prefieran quedarse en casa en lugar de gritarse e insultarse en mitad de la plaza.

Quizá sea lo mejor. Quizá deberíamos pasar página de una vez por todas y zanjar el tema. Por lo visto, la asamblea que se celebró hace un par de días no fue en absoluto civilizada, así que todo apunta a que la reunión de esta noche, en la que se tomará una decisión definitiva, será bastante parecida.

—Pongamos una piscina de barro en medio y dejemos que se maten entre ellos —rezonga mamá mientras salimos del coche y, por primera vez en la vida, papá le lanza una mirada de desaprobación—. ¿Qué? Sabes que tengo razón. Te da rabia no haber sido el primero en decirlo —continúa, y papá no puede disimular la sonrisa. De hecho, ha estado todo el día muy serio y no me ha gastado ninguna de sus bromas.

Después se escabulle hasta la parte trasera del coche y lo abraza.

—Miguel es tu amigo —susurra—. No solo es tu jefe, sino un buen amigo. Estoy segura de que entrará en razón, confía en mí. Es una noche crítica, lo sé, pero en cuestión de horas la ciudad ya habrá decidido qué quiere hacer y pondrá punto y final a este calvario.

—Pase lo que pase, será un desastre monumental —protesta papá, y mamá dice lo que siempre dice cuando se enfrenta a cualquier tipo de desastre monumental:

—Bah, no te pongas tan dramático. Una fregona lo arregla todo.

Esa idea me consuela. Ojalá una fregona empapada pudiera eliminar la discordia que EarthPro ha sembrado, quizá sin querer, entre los habitantes de esta ciudad. Ojalá una fregona pudiera disolver toda la tristeza y frustración que parece haberse instalado en Raven Brooks desde hace meses. Ojalá una fregona pudiera aliviar el sufrimiento que está consumiendo a la señora Yi. Ojalá una fregona pudiera borrar las conclusiones a las que los vecinos llegaron después de la muerte de Lucy. ¿Es posible que un buen chorro de vinagre pueda hacer desaparecer toda esa agonía?

—Rogamos a todos los presentes que ocupen un asiento —anuncia una mujer por el micrófono. Lleva un abrigo de color teja y, a juzgar por su ademán, no parece muy cómoda.

—Han instalado un sistema de sonido —comenta una voz familiar a mis espaldas—. Así que debe de ser muy serio.

Me doy la vuelta y veo a Enzo sentado un par de filas detrás de mí. Lo primero en lo que me fijo es en el peinado que lleva. Por los Sagrados Alienígenas, qué alivio. Nunca me había alegrado tanto de verlo con el pelo alborotado y no engominado hacia atrás, como si lo hubiera lamido una vaca. Repaso cada milímetro de su cabeza; ahí no hay ni una sola gota de gomina.

De repente, me invade una sensación de serenidad infinita. Es difícil de explicar, pero es como si varios alfileres que hasta entonces me sostenían el cuerpo, tal vez con demasiada rigidez, se hubieran esfumado. Siento que cada una de mis articulaciones, que hasta entonces parecían agarrotadas, se relaja. Dejo caer los hombros y el ardor que notaba en las cervicales poco a poco se va enfriando, hasta desaparecer.

—Hola, ¿qué tal? —pregunto, con cierto nerviosismo. Enzo extiende la mano y, sin dudarlo un segundo, le choco los cinco. Los dos actuamos como si no hubiera ocurrido nada durante los últimos dos meses—. Tú, eh, ¿has venido con algún amigo o...? —continúo. Sigo un pelín nervioso. La tensión que se respira en el ambiente se ha relajado un poco, pero no se ha desvanecido del todo.

Enzo agacha la cabeza y esboza una sonrisa tímida.

—Qué va, he quedado aquí con Trinity. Mi padre se ha empeñado en que lo acompañe —murmura.

Sin embargo, lo que más me interesa es precisamente lo que *no* dice. No ha soltado prenda sobre el baloncesto, ni tampoco ha mencionado a Seth o a Ruben. Ni una palabra de la lista de convocados para el partido, en la que no estaba su nombre, por cierto, ni del sitio que no le han guardado en clase de inglés, ni de la gomina que ya no le aplasta el pelo.

Se han formado varios grupitos en la sala que cuchichean entre sí y los convocados ya empiezan a ocupar sus sitios.

—¿Nos vemos luego? —pregunta.

Asiento con la cabeza. La ansiedad que percibía en la mirada de Enzo también se disipa. Y, antes de que se dé la vuelta hacia la hilera de sillas donde le espera su padre, le doy una palmada en el hombro.

—Debería haberlo probado —digo. Me asombra que haya dicho eso en voz alta—. Me refiero a que debería haber probado algo, lo que fuese.

Enzo también se queda atónito, a pesar de que no entiende muy bien lo que le estoy diciendo.

—Quiero decir que tú tuviste las agallas de probar algo nuevo…
—añado, y creo que esta vez sí pilla por dónde voy. En el fondo, lo que quiero decirle es que fue más valiente que yo, y le admiro por ello.

Entonces se encoge de hombros y dibuja una expresión que me recuerda a mi madre.

—Bah.

Clava la mirada en el suelo y empieza a moverse de un lado para otro.

—No debería, ya sabes, haber dicho lo que dije. En la fiesta. Me porté como un imbécil. Es solo que… no sé, quería parecer…

—¿Lo contrario a un bicho raro?

Enzo sonríe, avergonzado.

—Tú no eres un bicho raro —replica. Borra la sonrisa de su cara y se pone serio, muy serio—. Y Aaron tampoco.

AYUNTAMIENTO DE RAVEN BROOKS: DESARROLLO DE EARTHPRO

DEBATE ABIERTO Y VOTACIÓN FINAL

Moderador: concejala Jane Barinski. Comité de Desarrollo de Raven Brooks

Ponentes: Brenda Yi, Marcia Tillman

Y así es cómo termina la conversación sobre el equipo de baloncesto, sobre las cenas mexicanas en Taco Shak y sobre las insistentes llamadas y mensajes sin contestar. En su defensa cabe decir que no todo ha terminado. Los gamberros que suelen ocupar la última fila de la clase seguirán lanzando bolas de papel a los bichos raros como yo. Sin embargo, esta vez tengo la corazonada de que no estaré solo, de que Enzo me apoyará y me acompañará.

—Atención, por favor. Estamos a punto de empezar —anuncia la mujer del abrigo color teja. Debajo lleva un traje chaqueta de color rojo muy, muy ajustado. Parece cansada; probablemente cuando llegue a casa le espere una larga lista de tareas pendientes, como preparar el almuerzo de sus hijos para mañana.

El acople del amplificador hace que el micrófono grazne como un cerdo. El ruido es tan fuerte que, inevitablemente, todos se quedan callados. La mayoría de los asistentes están sentados. Han dispuesto varias filas de sillas plegables y endebles en el centro de la plaza, justo delante de la fuente de manzanas danzantes. En invierno desconectan el sistema, así que no hay chorros de agua que puedan salpicarnos. Poco a poco la plaza se va llenando y los últimos en llegar se apiñan tras las últimas sillas y alargan el cuello para no perderse detalle de la votación.

—Gracias a todos por haber acudido esta noche a la reunión —empieza la misma mujer del traje rojo—. A los que todavía no he conocido en persona… y estoy segura de que sois unos cuantos —continúa, y se oyen varias risitas entre el público—, dejadme que me presente. Soy la concejala Jane Barinski, la encargada del comité de desarrollo. Debo decir que nunca pensé que este cargo fuese a ser tan y tan emocionante.

Sin embargo, no parece en absoluto emocionada, la verdad.

—Está bien, dejemos las presentaciones para otro momento y vayamos al grano. Por lo que tengo entendido, se ha nombrado a un representante de cada bando que hará un alegato antes de pasar a la votación final. ¿Ya hemos decidido quién hablará primero? —pregunta la concejala Barinski a nadie en particular.

—Lo haré yo —dice una voz familiar. ¿Cómo olvidar esa voz?

La señora Tillman se arremanga la falda, una falda *tie-dye* muy vaporosa con un fajín repleto de abalorios que tintinean con el movimiento, y sube los escalones del pequeño escenario. Advierto unos leotardos de lana gruesa y, por si todo eso fuera poco, también se ha puesto unos calcetines. Y lleva sandalias. El público queda sumido en un silencio absoluto.

Bueno, miento. No todo el mundo está en silencio. Se oye un murmullo de fondo. Me giro y me doy cuenta de que la gente se ha dividido en dos bandos, como si la plaza fuese la sala de un juzgado. Al otro lado de ese pasillo improvisado, un grupo de hombres y mujeres con expresión imperturbable y muy seria observan con desdén a los que gruñen por lo bajo.

—Damas y caballeros de Raven Brooks —empieza la señora Tillman, y percibo una suave capa de terciopelo en esa cadencia abrasiva de su voz—, quiero empezar dándoos las gracias a todos por haber asistido esta noche a una votación tan crucial y decisiva. Para mí, sois como el rayo de luz que ilumina los pétalos de la flor de loto.

Se oyen algunos aplausos entre el público, pero la mayoría de los presentes intercambian miradas de confusión.

—Es vuestro resplandor, vuestra esencia y la energía de vuestro ser lo que permite que Raven Brooks esté por encima de lo mundano y rompa las barreras de las limitaciones humanas.

Esta vez son menos los aplausos, pero parece ser que la señora Tillman no se da cuenta de ello. Cierra los ojos y se lleva un puño al corazón.

—Ahora que estamos presentes en cuerpo, mente y alma, os ruego que apeléis a vuestra verdad superior, a vuestro espíritu cultivado e iluminado…

El discurso de la señora Tillman ha desconcertado y confundido a todo el mundo, incluso a sus seguidores, que imagino que empiezan a arrepentirse de haberla elegido como representante. Hace un frío que pela y la gente ya ha empezado a frotarse las manos para intentar entrar en calor.

La señorita McGraw, que gestiona y dirige la Gruta de los Gamers, pierde la paciencia y se pone de pie.

—¡Queremos que votéis contra esos indeseables de EarthPro! ¡Van a cerrarnos el negocio a todos!

La señora Tillman abre los ojos y deja caer los brazos.

—Eso es justamente lo que estoy diciendo.

—¡Que alguien le diga a esa abraza-árboles que EarthPro construye viviendas, no tiendas de productos ecológicos para pirados!

—Creo que lo más prudente sería llamarnos por nuestro nombre de pila, señor Picune, y dejar los apodos para otro momento —advierte la concejala Barinski desde la esquina del escenario.

—Empiezan con casitas adosadas, ¡y acaban construyendo centros comerciales! —grita una de las asistentes, y recibe una oleada de aplausos del bando anti-EarthPro.

—¡Oh, claro! ¡Se me olvidaba que no tenemos ningún derecho a elegir dónde queremos comprar! —exclama otra persona, y se gana otra ronda de aplausos, pero esta vez del bando pro-EarthPro.

—¡Por favor! ¡Por favor! ¡Esto es lo que acordamos que trataríamos de evitar esta noche! —chilla la concejala al cielo. Me jugaría el cuello a que preferiría estar comiendo mantequilla de cacahuete a cucharadas y ver viejos episodios de *Perry Mason* en el canal de clásicos antes que dirigir este debate.

—Todavía estamos a tiempo de traer esa piscina de barro —murmura mamá, que está detrás de mí.

Y, de golpe y porrazo, todos enmudecen. Y esta vez el silencio es sepulcral. Tardo unos instantes en comprender a qué viene esa repentina calma y quietud. Alguien ha subido al escenario, ha apartado a la señora Tillman y ha bajado un poco el micrófono para poder hablar.

Brenda Yi lleva unos tejanos, una camisa blanca y un abrigo acolchado que tiene la pinta de ser la mar de calentito. Se ha recogido el pelo en una coleta perfecta. Todo en ella está cuidadosamente elegido y controlado, igual que en la fiesta de Navidad del *Raven Brooks Banner*. Pero sé que, debajo de esa camisa planchada y almidonada y ese pelo perfecto, se esconde una borrasca. Si me acercara un poco más a ella, podría ver la tormenta en sus ojos. Estoy convencido de que podría ver los nubarrones y los relámpagos. Vería a una persona que sigue en pie, pero una persona incompleta, pues le falta una pieza fundamental en su vida, una pieza que la tormenta se llevó para siempre.

—Gracias por escucharme —dice Brenda Yi, como si alguien fuese a atreverse a abrir la boca—. Sé que ha sido un invierno difícil.

Espera a ver si alguien le responde, o discrepe. Pero nadie dice nada.

—Raven Brooks es distinta de todas las ciudades que he visitado o de las que he oído hablar. Es… especial.

Se oyen murmullos de acuerdo.

—Y ese aire tan peculiar y diferente no ha cambiado con el paso del tiempo. Eso hizo que mi marido y yo decidiéramos que este sería el lugar donde queríamos vivir y formar una familia.

Silencio absoluto.

—Y cuando perdí a mi familia… —continúa Brenda Yi, que traga saliva y después inspira hondo, como si estuviera a punto de venirse abajo—. Y cuando perdí a mi familia, fue esta ciudad tan especial la que me ayudó a recuperarme, a pasar página y a mirar hacia delante.

Una anciana está llorando a lágrima viva junto a la fuente y su marido le rodea los hombros con el brazo.

—Nunca permitiría que alguien arrebatara a nuestra hermosa comunidad ese toque tan particular, tan especial. De veras, jamás lo haría. Pero durante este largo, polémico y doloroso debate, sobre si ceder o no la explotación de los terrenos de la antigua fábrica Manzana Dorada a EarthPro, considero que hemos pasado por alto una perspectiva. Y por eso he subido al escenario esta noche, porque quiero mostraros esa perspectiva. No pretendo hacer sentir culpable a nadie, ni haceros dudar de la decisión que habéis tomado, sino ayudaros a comprender por qué quiero que EarthPro construya las viviendas.

»No me malinterpretéis. No me apetece que una gran corporación como EarthPro, ajena a toda esta controversia, se dedique a explotar unos terrenos tan valorados y apreciados por todos nosotros. Con el corazón en la mano, os prometo que la idea no me apasiona en absoluto. Por supuesto que me preocupa el futuro de los pequeños negocios familiares de la ciudad. Creedme cuando os digo que desde que nos mudamos aquí siempre he frecuentado esos comercios, y seguiré haciéndolo pase lo que pase. Al fin y al cabo, debemos apoyarnos unos a otros, así que espero que todos hagáis lo mismo.

Brenda Yi inspira hondo antes de continuar.

—Quiero que EarthPro empiece a urbanizar esos terrenos, es verdad. Y os explicaré por qué. Quiero que construyan algo nuevo y maravilloso en un lugar que, a día de hoy, es tétrico y está en ruinas. Quiero que se lleven los fantasmas que acechan en las afueras de Raven Brooks y que nos ayuden a cerrar este capítulo de una vez por todas. Sí, necesitamos hacer borrón y cuenta nueva. Necesitamos partir de cero.

Se le llenan los ojos de lágrimas.

—Os pido, os suplico, que recordéis a mi hija. Aunque en el fondo de mi corazón sé que todos lo hacéis. Sé que dejó huella, y que su muerte no dejó indiferente a ninguno de los que habéis acudido aquí esta noche. Es absurdo seguir manteniendo los escombros de esa pesadilla. Si no hacemos algo al respecto, jamás lograremos despertar.

Se seca las lágrimas.

—Y necesito despertar de esa pesadilla.

Nadie aplaude. Nadie se atreve a susurrar una sola palabra. Brenda Yi baja del escenario y se reúne con un grupito de vecinos que la reciben con los brazos abiertos. Aprovecha ese momento de intimidad para secarse las lágrimas, sonarse la nariz y arreglarse el flequillo.

Y es entonces cuando los adultos de Raven Brooks empiezan a votar. Se colocan en fila india delante de unas improvisadas cabinas de votación. Todos sujetan una hoja de papel doblada por la mitad. Todos esas papeletas acabarán en unas cajas de madera, que están cerradas con candado y escoltadas por voluntarios como los padres de Trinity.

Estoy con Enzo, Maritza y Trinity. Observamos en silencio el escenario. Los votantes respetan su turno; se colocan en la fila para votar, entran en la cabina, introducen su papeleta y después se dirigen hacia el aparcamiento. Pero no se forman corrillos para comentar la jugada. Algunos se estrechan la mano, otros se abrazan; unos pocos sonríen y saludan con la cabeza a los vecinos con quienes estaban discutiendo a grito pelado hace menos de una hora.

Enzo está a mi lado y, aunque haber hecho las paces me ha tranquilizado bastante, me acecha otro miedo que me revuelve el estómago. Todo lo que ha dicho Brenda Yi tenía bastante sentido y, si tuviera que mojarme, apostaría a que su discurso ha influido en la decisión de muchos vecinos. Seguro que más de uno ha cambiado su voto. Incluso me atrevería a decir que, gracias a su alegato, las excavadoras de EarthPro empezarán a trabajar antes de lo esperado y en cuestión de días ya habrán derribado lo que queda de la fábrica Manzana Dorada.

Y eso me lleva a la siguiente conclusión: si no recurrimos pronto a mi padre, o al padre de Enzo, y les mostramos toda la información que hemos recopilado y les explicamos nuestras más que razonables sospechas, perderemos la oportunidad de hallar más pruebas, y no podemos dejarla escapar.

Enzo me da un codazo en la cintura.

—Parece que nuestros padres por fin han dejado de comportarse como…

—Pues como vosotros dos —termina Maritza, que también se ha fijado en la reconciliación de nuestros padres, que están al otro lado de la plaza. Pero hay algo que no encaja y que llama en especial mi atención; el señor Espósito no deja de darle palmaditas en la espalda a mi padre y mi padre no deja de poner esa extraña sonrisa, la misma que pone cuando finge estar de acuerdo con alguien simplemente para quedar bien y no discutir.

Cuando volvemos al coche, mamá deja escapar un gruñido.

—¿Podemos ir a por un helado, por favor? —pregunta, haciendo pucheros.

Mamá nunca hace ese tipo de cosas. Jamás la había visto portarse como una cría mimada y consentida. Papá también debe de haberse quedado perplejo porque, sin preguntar nada, arranca el coche y va directo al Soft Serve. Tres cucuruchos y tres bolas de helado cremoso después, volvemos al coche. A papá le está costando manejar el volante con una sola mano. Y no dejo de darle vueltas a una cosa, a cómo abordar sutilmente el tema del señor Peterson con mi padre. Las fotos deberían estar reveladas mañana y lo más probable es que se anuncie el resultado de la votación por la mañana, así que debemos actuar rápido.

Aparcamos delante de casa unos minutos después. Mamá está tan absorta con su helado que ni siquiera se da cuenta de que nos hemos quedado un poco rezagados.

—¿Ya está? —le pregunto a papá—. ¿Vas a escribir un artículo a favor de la explotación de los terrenos?

—Llegados a este punto, ya da lo mismo —responde papá, y da un lametazo a la bola de su helado—. Has visto lo que ha pasado con tus propios ojos, Nicky. Con su discurso, Brenda se ha metido al público en el bolsillo. Diría que ha convencido a la mayoría de gente. Mañana sabremos el resultado de la votación, pero estoy convencido de que saldrá a favor de derribar el parque. En eso consiste la democracia y, como periodista, debo aceptar el resultado y escribir sobre ello.

—Lo comprendo —digo—. Es solo que… bueno, también he hecho mis indagaciones.

—¿No será sobre…? —pregunta, y señala la casa del señor Peterson con la barbilla.

Agacho la mirada. Quizá no ha sido el momento más apropiado para comentarle el tema.

—Narf, pensé que había sido muy claro. Te dije que dejaras el tema.

—Papá, yo…

—Sé que no suelo jugar la carta del padre estricto contigo muy a menudo. Tu comportamiento es intachable y eres listo. Me gusta pensar que, en cierto modo, he tenido algo que ver con eso.

—Papá, es que… lo seguí hasta el parque porque sospechaba que tramaba algo —digo. Sé que me la estoy jugando, que estoy caminando sobre un lago helado y que en cualquier momento la capa de hielo puede empezar a resquebrajarse. Supongo que a eso se refiere la gente cuando habla de «a grandes males, grandes remedios».

De repente, veo que papá se ha puesto rojo como un tomate, y eso que es noche cerrada.

—¿Tú… tú le seguiste? —pregunta en voz baja. Después me rodea el hombro con el brazo y me acompaña hasta la puerta de casa—. Nicky, te has pasado de la raya. Eso no está bien. Pensé que te lo había dejado muy claro el día que hablamos sobre el tema.

—Desenterró un…

—Escúchame. No te castigamos por el incidente con el sistema de sonido de la señora Tillman y dejamos que te fueses de rositas porque consideramos que se trataba de una broma pesada. Pero esto es muy distinto, y tiene un nombre: acoso. ¿Me estás entendiendo, Nicholas?

«Nicholas.» Ahí la tenemos. Mi primera pelea con papá.

Quiero protestar. No quiero darme por vencido tan pronto. En parte porque el asunto es mucho más serio de lo que papá imagina y en parte porque, si este es el comienzo de mi vena rebelde adolescente, lo más lógico es que me mantenga firme hasta el final. Pero a ninguno de los dos nos apetece enzarzarnos en una discusión. Siento que he decepcionado a mi padre, igual que ocurrió cuando se enteró de la broma que preparamos a la señora Tillman, solo que en esta ocasión sé que llevo razón. Y no pienso dar mi brazo a torcer. Pero papá está tan enfadado que tira el helado al cubo de basura y se limpia las manos en los pantalones.

—Se lo explicaremos a tu madre mañana —dice, y enciende la luz del porche—. Pero ya te avanzo que le debes una disculpa al señor Peterson.

Papá ni se imagina hasta qué punto me aterra la idea.

Capítulo 13

o tenemos todo —dice Trinity al día siguiente, con los ojos como platos.

—En serio, *todo* —recalca Maritza, por si no había pillado la indirecta.

—Todavía no puedo creer que os atrevierais a seguirlo por el bosque. Estáis más locos que él —dice Enzo pero, a diferencia de mi padre, no se ha puesto hecho una furia, ni tampoco nos lo ha recriminado. De hecho, creo que está impresionado.

—En mi defensa, debo decir que no estaba en plena posesión de mis facultades mentales —replico mientras echo un vistazo a

las fotografías de las actividades clandestinas del señor Peterson. Trinity ha ido a recoger las imágenes a primerísima hora de la mañana.

Las chicas tienen razón. Trinity consiguió capturar cada uno de los movimientos del señor Peterson, fotograma a fotograma. Su comportamiento distaba mucho de ser normal. En una instantánea se ve al señor Peterson metiendo cables y piezas sueltas en su vieja carretilla oxidada. En otra, cavando un agujero. Todo está documentado. De repente, me topo con una fotografía que retrata al señor Peterson con la mirada clavada en un *flash* cegador, con una mueca espantosa, terrorífica. Después de todo, estoy convencido de que, si las llamas no hubieran aparecido, nos habría enterrado vivos. Me fijo un poco más en la expresión que ha quedado congelada sobre el papel y percibo una emoción distinta, una emoción muy difícil de fingir.

Parece… triste.

Rescato la fotografía en la que aparece una montaña de tierra y el inmenso agujero que cavó pensando que estaba totalmente solo en

el parque, todavía ajeno a que le estábamos vigilando. Ahí, un poco borrosa y desenfocada, está la silueta larga, delgada y pálida que Maritza jura y perjura haber visto con sus propios ojos.

Enzo me quita las fotografías de la mano para poder darles un segundo vistazo.

—Tenemos más que suficiente —resuelve Maritza; no dice todo lo que está pensando, pero no hace falta porque todos lo intuimos.

Trinity asiente y repasa mentalmente toda la información que hemos recopilado.

—Tenemos las fotografías —empieza— y una grabación en la que se oye a la tía Lisa admitiendo que Aaron y Mya no viven con ella.

—Y también las bolsas de basura y las cajas de comida para llevar, que nunca son para una sola persona —añade Maritza. Estoy a punto de objetar, pero me interrumpe—. Si solo tuviéramos eso, no sería suficiente, lo sé. Pero son pequeños detalles que respaldan nuestras hipótesis. Ah, y no olvidemos cómo olía su casa.

—A lo mejor es un cerdo —sugiere Enzo, y no puedo rebatírselo porque opino lo mismo. El señor Peterson siempre ha tenido pinta de ser un tipo bastante guarro.

—Trinity ya nos lo dijo… ¡son pruebas circunstanciales! Pero ¡esta vez también tenemos pruebas reales! —replica Maritza.

—Como la nota —apunta Enzo, y me mira.

Había olvidado por completo que se lo había contado. Aaron me dejó una nota en la ventana, con una mancha de sangre.

Asiento con la cabeza.

—Sí. Hay una nota.

—Tenemos que recurrir a los adultos —propone Trinity, como si existiera una especie de consejo sagrado de sabios. Pero en Raven Brooks la autoridad está representada por el agente Keith, un memo y un zopenco que, por cierto, la señora Tillman tiene en su listado de favoritos.

—Deberíamos tener una conversación con el padre de Nicky —añade Maritza, y empiezo a ponerme nervioso.

—Sí —dice Trinity—. Ha demostrado que es un periodista justo e íntegro y en los artículos que ha escrito sobre la situación jamás ha tomado partido, lo cual es digno de admirar. Mis padres siempre dicen que es un reportero de los que se visten por los pies, aunque no entiendo muy bien qué significa —comenta Trinity.

No sé cómo cambiar de tema de conversación sin que se note que estoy esquivando la propuesta.

—Ahora mismo… no estamos pasando por nuestra mejor época —respondo; creo que esa sería la expresión que utilizaría mi padre, así que decido tomarla prestada. La sensación que me invade es horrible; no solo he decepcionado y fallado a papá, sino también a mis amigos.

—Entonces acudiremos a mi padre —resuelve Enzo. De no ser por el código social establecido, me abalanzaría sobre él y le daría un abrazo de oso. Ni se imagina cuánto le agradezco que haya sabido reconducir la situación.

Lo primero que hacemos al salir del instituto es dirigirnos a casa de los Espósito, con el archivador, las fotografías y la cinta de casete en la mochila.

El padre de Enzo y Maritza están en el jardín, él encaramado a una escalera. Está sacando las hojas secas que han quedado atrapadas en los canalones y desagües del tejado.

—Es importante —dice Maritza cuando su padre le lanza una mirada inquisitiva. No le somete a ningún interrogatorio. De hecho, no hace más preguntas. Por lo visto, el señor Espósito y sus hijos se han inventado un código para informar y adivinar que se avecina una conversación que merece toda su atención y, en este caso, que bien merece bajar de la escalera. Ver esa especie de entendimiento en acción hace que me entren ganas de ir a casa corriendo y pedirle perdón a mi padre.

Pero ya habrá tiempo para eso. En estos momentos, el señor Espósito sabe que necesitamos un vaso de limonada.

Ahí están, cinco vasos de limonada casera. El señor Espósito se quita los guantes de jardinero y los deja junto al fregadero de la cocina. Y con la misma parsimonia se acomoda en la silla de madera que preside la mesa de la cocina.

—Está bien —dice después de tomarse un buen sorbo de limonada—. Estoy listo.

Trinity y yo intercambiamos una mirada al caer en la cuenta de que no llevamos nada preparado, ni siquiera hemos comentado cómo abordar la conversación. Por suerte, no hay de qué preocuparse porque Maritza y Enzo sí lo han pensado y planificado.

—Aaron y Mya Peterson no están en Minnesota —empieza Enzo, y los cuatro nos quedamos en silencio, esperando la reacción del señor Espósito.

No sé muy bien qué esperaba. Había barajado distintas posibilidades: que se desternillara de la risa, que nos diera un buen sermón por haber actuado a sus espaldas, que soltara una retahíla de razones que echaran por tierra nuestros hallazgos. Pero, desde luego, lo que no esperaba era que nos creyera a pies juntillas. Y por eso me alegro tanto de que Maritza y Enzo sepan qué responder cuando por fin él dice:

—Seguid hablando.

—Llamamos a su tía Lisa —continúa Maritza—, la que asistió al funeral de la señora Peterson. No quería soltar prenda, pero al final terminó admitiendo que no vivían con ella.

El señor Espósito mira a su hija con expresión seria, casi severa. Maritza baja la mirada a la cinta de casete que sostiene entre las manos. Sabe que su padre es un hueso duro de roer y que es muy difícil, sino imposible, tratar de engañarlo, así que probablemente intuya que no consiguió el número de teléfono de la tía Lisa de una forma honesta, y legal.

—Y el señor Peterson lleva semanas haciendo cosas muy raras —añade Enzo para desviar la atención de su padre.

El señor Espósito arquea una ceja.

—Más raras de lo normal —aclara Enzo.

—Tenemos fotografías —apunta Trinity, y deja la pila de instantáneas en el centro de la mesa.

Todos nos quedamos observando ese montón de fotografías de diez por quince con acabado brillante. En la primera instantánea se ve claramente al señor Peterson amontonando piezas sueltas de maquinaria en una carretilla que ha arrastrado hasta el parque temático Manzana Dorada.

El señor Espósito coge las fotografías y con una lentitud propia de un caracol empieza a examinarlas una a una. ¿Cómo puede moverse tan despacio? ¿Es que se le han agotado las pilas? Me estoy poniendo de los nervios.

Cuando por fin llega a la última fotografía, vuelve a empezar. Las analiza a consciencia, fijándose en todos los detalles, quizá por miedo a pasar por alto algo crucial o quizá porque su profesión le ha enseñado a ser así de minucioso y meticuloso cuando se trata de material sensible. Una vez terminada la segunda ronda, las deja de nuevo sobre la mesa.

—¿Tenéis algo más? —pregunta con un tono de voz indescifrable.

—Nicky ha elaborado una especie de diario. Lleva meses... vigilándole —dice Enzo, y le agradezco en silencio que no haya utilizado palabras como «espiándole» o «acosándole».

—Y una nota de Aaron —añado.

El señor Espósito me mira a los ojos.

—¿Una nota?

—Sí. Me la dejó justo antes de desaparecer. Y hay una mancha de... sangre.

Con sumo cuidado, despliego la última nota que recibí de Aaron, la misma que salió volando por el cristal roto de su ventana y aterrizó en mitad de la calle.

El señor Espósito coge la nota, pero me sostiene la mirada en un intento de tranquilizarme. No pretende quedársela, ni romperla, ni quemarla. Se pasa más tiempo examinando la nota que todas las fotografías.

Está tan concentrado, tan meditabundo y tan callado que me preparo para cualquier cosa; no sé qué va a decir, pero imagino que se pondrá hecho una furia por haber sido tan imprudentes, o que se burlará de nosotros porque tenemos demasiado tiempo libre y demasiada imaginación, o que nos dirá que nuestras sospechas son patéticas.

Pero en lugar de todo eso, dice:

—Chicos, a partir de ahora vais a guardar las distancias con el señor Peterson. Quiero que os alejéis de él, ¿entendido?

Siento que se me ha congelado la sangre. Jamás había visto al señor Espósito tan serio. Incluso me da miedo.

—No le sigáis, no le dirijáis una sola palabra y no os acerquéis a su casa.

Todos se vuelven hacia mí.

—Acercaos lo mínimo posible a su casa —corrige el señor Espósito.

—No pretendíamos... —empieza Maritza para defendernos, pero el señor Espósito levanta la mano y, de inmediato, Maritza enmudece.

—Lo sé, y no necesito que os disculpéis, ni que me deis más explicaciones —dice, y todos dejamos escapar un suspiro de alivio—. Aunque todo esto es bastante inquietante. Lo que habéis descubierto, sea lo que sea... —dice, refiriéndose a las fotografías. Sin embargo, todos vemos que mira de reojo la nota de Aaron—. Sea lo que sea, es demasiado tétrico. No podemos encargarnos de resolver este misterio.

Y entonces despega la mirada de la mesa y nos mira uno a uno.

—No *debemos* encargarnos de resolver este misterio.

El señor Espósito cierra el archivador y, de repente, algo se desliza de su bolsillo interior y cae sobre la mesa, produciendo un tintineo metálico. Es el pequeño colgante en forma de manzana. Lo coge con cautela, como si se tratara de una miniatura de cristal. Observo sus ojos y me parece advertir un brillo extraño. Creo que lo ha reconocido.

Mira a su hija.

—Es como el tuyo —dice, casi en voz baja, como si en esa conversación tan solo estuvieran ellos dos.

Maritza asiente con la cabeza.

—Ese pertenecía a Lucy. Creemos que Mya lo tenía y que se lo dejó a Nicky en el jardín para que lo encontrara. A lo mejor estaba intentando decirle algo, algo relacionado con su padre...

Ya habíamos convencido al señor Espósito de que la versión del señor Peterson no encajaba, pero el colgante dorado ha sido la gota que ha colmado el vaso.

—No os acerquéis a ese tipo —nos ordena—. Es un asunto muy peliagudo que debe estar en manos de profesionales, no de cuatro jóvenes incautos.

Nos quedamos en casa de Enzo y de Maritza un buen rato; ha anochecido y las luces de las farolas están encendidas. El señor Espósito se ha dedicado a hacer varias llamadas, a examinar el archivador con todas mis anotaciones, a caminar de un lado para otro de la cocina mientras nosotros matábamos las horas en el sótano y jugábamos a especular sobre qué decidirá hacer finalmente.

A ninguno de los cuatro nos apetece entregar nuestro alijo de pruebas al señor Espósito aunque, a decir verdad, yo soy el más reacio a hacerlo. No es que no confíe en él... es el primer adulto que se ha mostrado dispuesto a escucharnos. Intento controlar mi carácter y no enfadarme cuando guarda el archivador y la nota y las fotografías en un cajón que cierra con llave en su despacho. Después, nos mete a todos en el coche y nos lleva a casa.

Mi padre ya se ha acostado y, aunque en parte lo agradezco, noto el escozor de la culpabilidad y no soy capaz de ignorarlo. Papá y yo no hemos vuelto a hablar desde que nos peleamos y os prometo que nunca me he sentido tan solo, a pesar de que cuento con mis amigos.

Con la mayoría de mis amigos.

Me despido del señor Espósito con una sonrisa de oreja a oreja, pero es una sonrisa falsa, postiza. Durante los últimos meses he creído que esa angustia y tormento desaparecería en cuanto alguien me escuchara y me creyera. Y, ahora que por fin ha llegado ese momento, me siento vacío. Es como si el archivador que contenía toda la información que recopilaba día a día estuviese tapando este inmenso agujero y, ahora que lo he sacado a la luz y lo he entregado, ha quedado totalmente al descubierto.

El sueño que tengo esa noche no ayuda a disipar esa sensación. Estoy en el vagón de la montaña rusa, otra vez, junto al maniquí.

Solo que, en esta ocasión, no estamos solos. En esta ocasión, Lucy Yi está sentada a mi lado. El vagón avanza renqueante por el raíl de esa cuesta infinita, pero ella no dice ni palabra. Tan solo se limita a mirar hacia delante, a resignarse al destino que sabe que le espera en cuanto alcance la cúspide. Pero justo cuando el vagón empieza a nivelarse, justo antes de la caída en picado, me coge la mano y noto algo frío sobre la palma.

Cuando me despierto me doy cuenta de que estoy agarrando una pulsera dorada que se ha deslustrado y teñido de verde musgo, con un colgante pequeñito en forma de manzana suspendido de la cadena.

—¿Qué?

Observo la manzana y busco esa minúscula marca en la fruta, pero no está ahí. Lo cual tiene sentido, pues la pulsera de Lucy era la única que tenía una muesca y ahora está en manos del señor Espósito.

—Entonces, ¿de quién es? —me pregunto, y me doy un pellizco para asegurarme de que estoy despierto, de que no sigo metido en el sueño.

—Narf, ¿puedes bajar un momento?

Todavía estoy un poco aturdido y confuso y, por un segundo, creo que papá tiene la respuesta. Y por eso me está pidiendo que baje a la cocina, para exigirme una explicación. Bajo los peldaños y, cuando llego al vestíbulo, me quedo de piedra y, por imposible que parezca, más desconcertado; el agente Keith y una mujer policía están en el comedor, junto a papá y mamá, que sostienen un tazón a rebosar de café y muestran una expresión de profunda preocupación.

Intento elaborar una teoría lógica. La mente me va a mil por hora.

Papá ha alertado a la policía porque seguí al señor Peterson.

El señor Peterson sabe que quien estaba escondido en el armario era yo.

El Granjero Llama se ha enterado de que nos refugiamos en su cabaña.

La lista de crímenes que he cometido es más larga que mi propia vida.

—Narf ¿recuerdas al agente Newsom? —pregunta mamá, y enarca una ceja. Tardo unos instantes en comprender que está hablando del agente Keith. Y entonces recuerdo de qué conozco al agente Newsom.

—Eh, sí —digo. Ojalá tuviera una capa mágica que me hiciera invisible.

—La policía ha venido por la historia que le contaste al señor Espósito —informa papá. Es curioso, pero me da la impresión de que papá está… dolido. Tal vez se siente traicionado por haberme sincerado con su jefe; intenté contárselo, pero lo cierto es que la charla no pudo haber ido peor.

—De acuerdo —digo, porque ¿qué más puedo decir?

—Son acusaciones muy graves, jovencito —opina la policía que le acompaña. Me extraña el comentario porque también parece muy, muy joven. De no haber sido por el uniforme, habría dicho que está en último año de instituto.

—Así que no nos creéis —afirmo en lugar de preguntar. Sabía que era demasiado bonito para ser verdad y la burbuja acaba de explotar. La ilusión de que por fin mi voz sería escuchada tan solo ha durado una noche.

Esta vez papá suena menos dolido y me atrevería a decir que un poco orgulloso de su único hijo.

—Oh, no, están revisando el caso —dice—. Es muy grave.

Parece que todo el mundo se ha empeñado en utilizar esa palabra: «grave». ¿Por qué se sorprenden tanto? Ya no somos unos críos que se pasan el día comiendo Peta Zeta, dando vueltas como peonzas para marearse y acabar dándose un coscorrón contra la pared. A ver, todo eso es muy divertido (siempre y cuando lleves casco), pero también tenemos momentos de madurez. Sobre todo si lo que está en juego es la vida de nuestros amigos.

El agente de policía repite las mismas advertencias que el señor Espósito. Me hace prometer que me alejaré del señor Peterson y que cumpliré con el toque de queda que establezcan mis padres que, por cierto, aprovechan para añadir sus propios avisos.

—Nada de hablar con periodistas —dice papá, y luego esboza una sonrisa—. Salvo conmigo.

—No comentes nada sobre el tema con nadie. ¿Me has oído bien? Con nadie —dice mamá, y todos tragamos saliva y estiramos un poco la espalda. Ese es el efecto que suele tener mamá. Cuando se pone seria, da miedo.

—A partir de ahora, te llevaremos al instituto en coche —informa papá. Que tus padres te dejen a la puerta del instituto es bochornoso pero, en el fondo, agradezco toda esa protección. Hasta ahora no me había dado cuenta de que esa sensación era la que tanto añoraba.

Los agentes de policía han terminado su trabajo y se van de casa. Y es entonces cuando les explico todo lo ocurrido durante los últimos meses a mis padres. Quiero que estén en igualdad de condiciones con el señor Espósito. Les hablo del archivador y de las fotografías, de la grabación de la llamada telefónica a la tía Lisa, de la nota que me dejó Aaron antes de desaparecer y de la pulsera de Lucy.

Prefiero obviar lo último que ha pasado, la pulsera que ha aparecido esta misma mañana en mi mano. Mamá me abraza tan fuerte que creo que va a romperme varios huesos. Después se coloca frente a mí y me observa durante varios segundos. Es el momento más incómodo que he vivido jamás. Después se sienta frente al escritorio para estudiar ciertos compuestos porque eso la reconforta y la hace sentir mejor.

Papá se encierra en su despacho, la pequeña habitación que está al final del pasillo en el que aún no hemos colocado ni una sola bombilla, porque ese es su refugio, su lugar sagrado.

Y yo me meto en mi habitación y me tumbo en la cama porque es la única manera de frenar el tornado que está arrasando mi cerebro y que me provoca un dolor de cabeza insoportable.

Y justo cuando estoy a punto de quedarme dormido, oigo el crujido del envoltorio de una galleta, o algo así. Un segundo después, papá llama a la puerta de mi habitación. Aparece con dos pastelitos de chocolate en la mano. Me ofrece uno y lo acepto sin rechistar. Es su ofrenda de paz, y no pienso rechazarla porque sé cuánto le gustan esos pastelitos. Los dos estamos hartos de estar enfadados.

—Me alegro de que decidierais contarle todo esto a un adulto —empieza—. Los últimos meses han debido de ser muy duros para ti. Has tenido que aguantar muchísimo —continúa, y se zampa el último bocado de su pastelito—. Más de lo que deberías.

Me encojo de hombros.

—Encontré a alguien dispuesto a escucharme —digo.

—Narf, siento muchísimo lo que ocurrió la otra noche —murmura, y clava la mirada en los tablones de madera del suelo. Va descalzo y no para de mover los dedos de los pies—. Dije cosas de las que me arrepiento.

—No te preocupes. Entiendo por qué reaccionaste así, y no te culpo por ello.

—Ya sabes cómo me pongo cuando como helado —bromea papá. No sé qué decir.

—Los padres de mis amigos dicen que eres un reportero que se viste por los pies.

Papá dibuja una sonrisa de satisfacción y suficiencia. Nunca se le ha dado bien aceptar cumplidos.

—¿Y qué crees que significa eso? —me pregunta. Juraría que es la primera vez que mi padre me pregunta qué opino sobre él.

—Que vas con la verdad por delante —respondo. Me observa con detenimiento, así que decido añadir—: Y la verdad no tiene solo una perspectiva.

Parece que mi respuesta ha convencido a papá. Se acerca, me rodea el hombro con el brazo y, de golpe y porrazo, me echo a llorar. Es penoso. Es humillante. Pero no puedo parar. Necesitaba desahogarme, y papá aguanta estoicamente. Lloriqueo como un niño pequeño, me limpio los mocos con la manga de su camiseta y me sacudo como si fuese un perro que acaba de zambullirse en un charco.

Papá no hace ninguna pregunta.

Y, justo cuando está a punto de cerrar la puerta de mi habitación, le regalo otra verdad.

—Creo que quiero ser ingeniero.

Se vuelve con una sonrisa de oreja a oreja. Hacía por lo menos tres meses que no le veía tan feliz.

—Qué grata sorpresa, Nicky.

Le oigo que se ríe por lo bajo. Recorre el pasillo y se reúne con mi madre en su habitación.

—Ingeniero —le oigo decir, y se vuelve a echar a reír.

—Oh, Dios —gruñe mamá, aunque sé que no lo dice en serio—. Ingeniero, por supuesto.

Esa noche duermo como un tronco. No me acecha ninguna pesadilla y disfruto de un sueño largo, cálido y reparador.

Capítulo 14

Huele a gofres recién hechos. Siento que todo vuelve a la normalidad. El resplandor de los primeros rayos de sol empieza a alumbrar mi habitación, pero lo hace con una lentitud pasmosa. Ya es oficial: el invierno ya está aquí, y la verdad es que no me importa. No hay mucha luz, pero puedo ver las siluetas de los objetos de mi habitación y, aunque es muy pronto, creo que no había dormido tan bien en… años.

El delicioso aroma de los gofres me hace la boca agua, pero sé que todavía no están listos. Papá siempre me gasta la misma broma cuando los prepara, y ya se ha convertido en una tradición. Ya no soy un crío que baja las escaleras de dos en dos si hace falta en cuanto percibe ese olor, pero supongo que mi padre prefiere seguir pensando que sí. Todavía no me ha llamado a grito pelado desde el pie de la escalera, así que aún tengo unos minutos.

Quizá sea porque me he dado cuenta de que no estoy solo en mi búsqueda de Aaron y de Mía; o quizá sea porque ya me he acostumbrado a ese vacío que dejó el archivador cuando se lo entregué al señor Espósito. O quizá sea porque papá y yo ya no estamos enfadados. En fin, sea lo que sea, esta mañana me siento más valiente. Lo bastante valiente como para echar un vistazo debajo de la cama.

La mayoría de niños temen al hombre del saco. Les asusta que una mano incorpórea les arrastre hasta las profundidades de sus armarios, o hasta ese espacio oscuro y tenebroso que hay bajo sus colchones. Mi hombre del saco es un cartel de hojalata con mi nombre escrito, un manipulador de sonido que todavía emite los pedos más perfectos y una agenda con la tapa de florecitas con varios teléfonos apuntados, aunque a mí solo me importa uno.

Primero saco el cartel. No me he atrevido a tocarlo desde que Aaron desapareció. Ahora me parece distinto. Más pequeño. Pero sigue siendo mágico porque tiene mi nombre grabado, y porque él quería que me lo quedara. Después saco el manipulador de sonido y repaso el catálogo de pedos: «La trompeta», «El pillo (casi) silencioso», «El apestoso camino de vuelta a casa» y, cómo no, el gran clásico, «El asador de pollos», que Aaron y yo perfeccionamos después de zamparnos un montón de barritas de chocolate Surviva. Suenan incluso mejor de lo que recordaba.

Palpo el suelo en busca de la agenda que me incauté en casa de los Peterson. No la guardé por motivos sentimentales, sino porque esa tarde llegué a casa tan aterrorizado que la arrojé debajo de la cama en lugar de colocarla junto al resto de las pruebas que había recopilado y guardado en mi cajón secreto. Debo acordarme de entregársela al señor Espósito la próxima vez que lo vea.

Deslizo la mano hacia un lado. Después hacia el otro. Pero solo encuentro bolas de polvo y un calcetín suelto y arrugado. El espacio es muy angosto, pero me da lo mismo. Me escurro debajo de la cama y echo un vistazo. Qué raro, ni rastro de la agenda de flores.

Rememoro todo lo ocurrido anoche. Quizá sí la llevé a casa de los Espósito y se la entregué al padre de Enzo y de Maritza como prueba. Al fin y al cabo, la conversación fue muy intensa y, quién sabe, tal vez no recuerdo todo lo que ocurrió. Aunque esa explicación tampoco me convence, ya que recuerdo el resto con perfecta claridad.

—¡Narf! ¿Sirope o azúcar? ¡Los gofres ya están listos! —anuncia papá desde la cocina.

—¿En serio, Jay? ¿Otra vez? —protesta mamá, harta de las bromitas de mi padre, pero sé que, si dejara de hacerlas, las echaría de menos, igual que yo.

Y justo cuando estoy a punto de contestar que quiero mi gofre con sirope y con azúcar, suena el teléfono.

Los tres nos quedamos mirándolo como si fuese un objeto traído de otro planeta, quizá de los Alienígenas.

Nos extrañamos porque nadie suele llamar tan pronto por la mañana.

Papá es el primero en reaccionar, así que responde la llamada.

—¡Oh, Enzo, hola! ¿Cómo estás…? —empieza papá, pero su sonrisa enseguida se desdibuja—. A ver, a ver. Más despacio.

Entro en la cocina y me da la sensación de que las paredes se tambalean y que amenazan con derrumbarse y sepultarme ahí para siempre. ¿Por qué papá ha dejado de hablar? ¿Por qué solo asiente con la cabeza?

Cuelga el teléfono antes de que me dé tiempo a arrebatarle el auricular y pregúntaselo a Enzo directamente.

—Tenemos que ir a comisaría —dice, y mamá también entra en la cocina—. Ayer por la noche hicieron un registro policial a Ted Peterson.

* * *

El señor Espósito ya está en comisaría, con Enzo y con Maritza. Papá y él se saludan con su ya tradicional apretón de manos seguido de un abrazo y después se acercan a los padres de Trinity para presentarse como es debido.

—Llevaba tiempo queriendo conoceros —dice mi padre. Mamá no se corta un pelo y abraza a la madre de Trinity, que, a su favor, debo decir que ni siquiera se ha inmutado ante ese repentino gesto de cariño.

—Valoramos muchísimo todo lo que hacéis por la comunidad —añade mamá.

La madre de Trinity esboza una sonrisa de satisfacción.

—Soy Joy —dice.

Su marido, el padre de Trinity, extiende la mano a mi padre.

—Donald. El placer es mío.

Apenas tienen tiempo de entablar conversación porque enseguida aparecen el agente Keith y la policía que lo acompañaba ayer por la mañana. Abren la puerta y nos escoltan hasta la sala donde trabaja toda la brigada policial; esperaba encontrarme varios escritorios de madera y armarios de aluminio llenos de papeles y teléfonos antiguos sonando constantemente y un montón de polis hasta el cuello de trabajo porque reciben soplos cada dos por tres y siguen el rastro de criminales reincidentes. Sin embargo, el escenario es muy distinto a lo que había imaginado. Parece un despacho en el que bien podrían vender seguros.

Todo ahí es de color gris. Los cubículos son grises, los teléfonos son grises, las paredes son grises. Los agentes Newsom y Kornwell son los únicos que parecen haber recibido un soplo vital aunque, a juzgar por la rapidez con la que se mueven, no pillarían ni siquiera a un perezoso.

Entramos en una sala de reuniones; a los mayores les ofrecen una taza de café y, a nosotros, refrescos. Nos los sirven en un vaso desechable y con una pajita roja para remover. Por qué ponen pajitas en los refrescos sigue siendo todo un misterio para mí. Maritza, Enzo, Trinity y yo nos apiñamos en una esquina y esperamos en silencio a que vuelva el agente Newsom del cuarto de baño.

—Gracias por haber venido tan rápido —empieza la agente Kornwell.

—Esperábamos que nos pudierais facilitar más información sobre el tema —dice el señor Espósito.

—Nos hemos enterado de que habéis registrado su casa —añade el señor Bales.

La agente Kornwell asiente.

—Así es.

Todos esperamos ansiosos el resto de la historia, así que a la agente Kornwell no le queda más remedio que seguir con el relato de los hechos.

—Registramos las instalaciones en las que, según vuestra versión, se llevaron a cabo actividades sospechosas, en concreto, la residencia del señor Peterson y los terrenos sobre los que se construyó el parque de atracciones Manzana Dorada. Hallamos maquinaria vieja y oxidada del parque y tuvimos una pequeña discusión sobre quién adquirió los derechos de todo el material que quedó dentro de los límites del parque. No vamos a presentar cargos porque el señor Peterson ha accedido a devolver todos los artículos que ha confiscado y se ha comprometido a no volver a poner un pie en esos terrenos hasta que se resuelva el asunto.

—Eh, de acuerdo —murmura Maritza—, pero ¿y… y el cuerpo que estaba desenterrando? ¡Tengo una fotografía!

Los agentes se miran y sonríen, como si se tratara de una broma entre ellos. No tengo ni idea de cómo se debería abordar un tema tan escabroso como desenterrar un cadáver delante de un puñado de adolescentes, pero desde luego así no.

—Eso también lo hemos investigado —contesta la agente Kornwell—. Era un…

Y, de repente, se queda sin palabras.

—Un maniquí —termina el agente Newsom.

—¿Perdón? —pregunta mi padre, y se inclina sobre la mesa, como si no hubiera escuchado bien la respuesta.

—Una especie de maniquí —contesta la agente Kornwell—. Seguramente lo enterraron unos críos. Ya sabes, una broma macabra.

—¿Y por qué querría desenterrar algo así? —pregunta Trinity, que no parece dispuesta a aceptar esa explicación.

—¿Quién sabe? —dice el agente Newsom, aunque más bien suena como un «¿Y a quién le importa?».

—¿Y qué hay de toda esa comida para llevar para un regimiento? ¿Y qué me decís de ese extraño olor que se respira en su casa? ¿Y la nota? —ruega Enzo.

Los polis se miran y se echan a reír a carcajadas.

—A ver, si comer demasiado y tener la casa hecha una pocilga va contra la ley, entonces es que me he equivocado de profesión —bromea la agente Kornwell.

Y al darse cuenta de que a ninguno nos hace ni pizca de gracia, se aclaran la garganta y recuperan la compostura.

—Ah sí, la nota. Lo siento, pero no significa… nada.

—¡Había sangre! —exclamo. Sé que he elevado el tono de voz y sé que hacerlo ha sido una idea terrible, porque estoy delante de dos agentes de policía y de tres madres y tres padres, pero Aaron y Mya

187

siguen en paradero desconocido y el señor Peterson campa a sus anchas por Raven Brooks. Hemos tenido que arriesgar nuestra vida para conseguir esas pruebas y entregárselas a la policía. ¿Cómo se atreven a reírse de nosotros en la cara?

Al fin la agente Kornwell se da cuenta de la gravedad del asunto y deja las bromitas aparte. Ahora, en lugar de cachondearse de nosotros, se compadece de nosotros. La verdad, no sé qué me ofende más.

—Los críos se cortan cada dos por tres. ¿No dijiste que encontraste la nota cerca de una ventana rota?

—A ver, ¿analizasteis la sangre? ¿Es de Aaron? —insisto. Me niego a aceptar que se cortara con el filo de una hoja de papel.

—Para proceder a un análisis, necesitamos un motivo —dice. Sigue mirándome con esa expresión de lástima—. Y la nota... no decía nada que justifique tal cosa. Y teniendo en cuenta que el señor Peterson no ha cometido ningún crimen que pueda demostrarse, a pesar de que su comportamiento pueda tildarse de extraño...

—Todos tenemos una oveja negra en la familia —resume el agente Newsom.

Echo un vistazo al otro lado de la mesa. Alguien, quien fuese, debería protestar. ¿Dónde están? Todos los padres, incluso los míos, tienen esa expresión triste y fúnebre en la cara. Tan solo Enzo, Maritza y Trinity parecen tan poco convencidos como yo.

Y entonces Maritza abre los ojos como platos y exclama:

—¡La tía Lisa!

Todos dan un respingo.

Trinity es la primera en recuperarse.

—¡Es verdad! Aaron y Mya no están viviendo con ella. Y eso no son imaginaciones mías, ¡lo oímos de su propia voz!

Por primera vez esta mañana, y tal vez en su vida, la agente Kornwell adopta el ademán de un policía de verdad. Ya no parece una adolescente vestida de uniforme que no tiene ni pajolera idea de qué está haciendo.

—Oh, eso es harina de otro costal —dice, e intercambia una mirada cómplice con su compañero.

—Parece ser que Aaron y Mya sí se mudaron a Minnesota pero, en cierto momento, debieron de escaparse porque la tía Lisa denunció su desaparición más o menos durante los mismos días en que aseguráis haberos puesto en contacto con ella. Es solo que no estábamos al corriente. Y, en fin, es otro estado, por lo que la información no llega tan rápido como desearíamos.

Se me empiezan a revolver las tripas.

—¿Y… y los habéis encontrado?

No descarto la posibilidad de que alguien me trate como a un tarado, como a un loco de remate, pero mi pregunta parece haber llamado la atención de todos, que esperan ansiosos la respuesta de la policía.

—¿A los niños? —pregunta el agente Newsom, que parece confundido.

—Sí, a los niños —repite mamá, que empieza a exasperarse. Es uno de los efectos secundarios de la preocupación.

—La verdad es que no. Eso estaría fuera de los límites de nuestra jurisdicción —explica el agente Newsom, que sigue bastante perplejo.

—Pero ¡han desaparecido! —grito. ¿Cómo puede ser que no lo entienda?

—A menos que tengamos una causa justificada para creer que desaparecieron aquí, en Raven Brooks, no contamos con los recursos ni con la autoridad legal para buscar a dos críos que se han escapado de casa a cientos de kilómetros…

—Mya —articulo—. Vino a verme la noche antes de que su madre falleciera en ese terrible accidente. Vino a pedirme ayuda.

Amonestado por robar
No sé cómo lo consiguió. Notificada la madre del propietario para devolvérselo
CLUB DE JÓVENES INVENTORES MANZANA DORADA
No puedo confirmar el contexto/autenticación de la nota
Presuntamente desaparecida. El agente encargado del caso está al corriente
Hago que ocurran cosas malas.

Lun | Mar | Mié | Jue

saca basura

trabaja en el sótano

Solo es un maniquí

ORDEN DE BÚSQUEDA

Olía mal.
Por lo demás,
todo normal

Nada perverso.
Decir a los niños que hurgar
en la basura es un crimen

¡UN SABOR NUEVO Y DELICIOSO!

Cena para 2

Los agentes me fulminan con la mirada.

—¿Ayuda con qué?

Trato de elaborar una respuesta lógica y razonable. ¿Qué me contó esa noche?

—Me dijo que su padre «cada vez estaba peor», pero cuando le aconsejé que acudiera a la policía, se negó en redondo. No pensé que…

—Jovencito, si tenías alguna sospecha de abuso o negligencia, deberías habernos avisado de inmedia…

—¡Han desaparecido por su culpa! —grito, y mi madre me acaricia el brazo, pero apenas lo noto.

La agente Kornwell suaviza el tono de voz.

—No tenemos pruebas que confirmen esa hipótesis —susurra.

Actúa como si le importara el caso de Aaron y Mya. Y tal vez sea así. Pero da lo mismo; nadie sabe dónde están los hijos del chalado del señor Peterson y, aun así, solo hablan de jurisdicción y autoridad y recursos y falta de pruebas, aunque, en mi humilde opinión, hay un montón de pruebas.

Enzo y Trinity intentan consolarme. Estamos en el aparcamiento, esperando a nuestros padres y pretenden convencerme de que no está todo perdido, de que todavía hay esperanza.

—No te derrumbes, Nicky. Tendremos que buscar otra manera de abrirles los ojos, eso es todo —dicen, pero no les creo. Prefiero no hacerme ilusiones. Esta vez había confiado en los adultos y pensé que nos habían creído. Y, durante doce horas, así ha sido. Sin embargo, cuando les veo salir de comisaría, enseguida me doy cuenta de que la policía los ha embaucado, les ha sorbido el seso y ahora están de su lado.

Han concluido la investigación, y eso que ni siquiera la habían empezado. Aaron y Mya se han convertido en dos fugitivos que deambulan por los bosques y los lagos de Minnesota. Y a nadie parece importarle que el señor Peterson no les eche de menos.

—No ha terminado —dice Maritza mientras nos dirigimos a los coches de nuestros padres. Parece tan enfadada como yo, lo cual me hace sentir un poquito mejor.

De camino a casa, espero que mis padres retomen la conversación que dejamos a medias la otra noche —la conversación que acabó en una discusión monumental— y me exijan que me disculpe por haber seguido al señor Peterson, por haberme escapado de casa varias noches, por haber gritado como un histérico en comisaría. Sin embargo, quienes se disculpan son ellos. Ahora son conscientes del estrés y la angustia que me provocó perder a dos amigos de la noche a la mañana y creen que quizá me presionaron para que pasara página y me olvidara del tema. Hasta el momento no pensaban que mudarnos de casa y de estado tan a menudo pudiera haber causado tantos estragos en mi frágil cerebro adolescente.

—La agente Kornwell nos ha recomendado un terapeuta para adolescentes excelente —dice mamá.

—Empezarás con una sesión semanal. Solo tendrás que hablar de lo que te apetezca en ese momento —añade papá.

—A lo mejor un día te acompañamos —propone mamá.

—No estaría mal. Total, ¿qué podemos perder? —opina papá.

Pero no tienen ni la más remota idea de qué están diciendo. No se imaginan lo que significa perder a alguien, ni el dolor que eso conlleva.

—¿Por qué? —pregunto con voz inexpresiva. Soy incapaz de distinguir las emociones que me abruman en este momento—. ¿Qué sentido tiene? Visto lo visto, nadie parece creer una palabra de lo que digo.

Mis padres se pasan el resto del camino parloteando como dos loros, tratando de convencerme de que creen en mí, de que confían en mí, de que no descartan la posibilidad de que el señor Peterson sea culpable de algún crimen.

—Pero los hechos no cuadran, Nicky. Las pruebas no son incriminatorias —dice mamá, con voz adusta, severa—. Y no vamos a permitir que sigas espiándole, hostigándole. Ese hombre ya ha sufrido bastante.

Así de fácil. El señor Peterson ha pasado de ser un verdugo a ser una víctima. Debo asumir que nunca volveré a ver a Aaron y a Mya.

* * *

Esa noche no tenía la intención de salir de casa a escondidas. Me he pasado toda la mañana enclaustrado en una sala de reuniones de la comisaría, después encerrado en el coche, con mis padres, y, por último, recluido en mi habitación. Ha sido un día para olvidar. No es que me dedicara a tramar un plan para desafiar y desobedecer las órdenes de mis padres, o las órdenes de los agentes de policía, o las órdenes de cualquier persona con dos dedos de frente y abandonar la seguridad de mi habitación. Es solo que no aguanto estar en casa ni un minuto más.

La calefacción funciona a máxima potencia y me da la impresión de que las paredes de mi casa se han convertido en los barrotes de una jaula.

Fuera, el frío es helador, pero necesito respirar un poco de aire. La calle está totalmente desierta. ¿Quién en su sano juicio saldría a esas horas de la noche? Y lo prefiero así porque cualquiera que viera a un chaval merodeando por el vecindario se preocuparía y lo avasallaría a preguntas. Mamá y papá están dormidos. La ciudad entera de Raven Brooks está dormida.

Esa noche no tomo el atajo, sino el camino más largo que atraviesa el bosque, tal y como solía hacer con Aaron. Así podré atisbar la parte superior de la noria, la cúspide lejana de la montaña rusa Corazón Podrido. Sin embargo, no me dirijo al parque de atracciones Manzana Dorada, sino a la fábrica.

Espero toparme con la valla metálica y las cámaras de seguridad. Espero tener que mantener una distancia prudencial para no acabar electrocutado. Espero ver el cartel con ese hombre de palo dibujado que me amenaza con llevarme a juicio si intento saltar la valla. Pero cuando emerjo de los arbustos y pongo un pie en el claro que rodea la fábrica abandonada, la cámara de seguridad con una lucecita roja parpadeante y la verja con el alambre de concertina enrollado en la parte superior han desaparecido. Echo un vistazo a mi alrededor y advierto una excavadora y una grúa gigantesca, con una especie de anzuelo del que cuelga una bola de demolición.

Por lo visto, no han perdido el tiempo. Estoy furioso. Cruzo las puertas de lo que solía ser el escondite secreto de Aaron antes de que decidiera compartirlo conmigo. Ese lugar ha cambiado mucho desde el primer día en que lo vi. La cinta transportadora que ocupaba la mayor parte del almacén se ha desvanecido; los agujeros de los tornillos que han quedado en el suelo son la única prueba que demuestra que un día existió.

El pasillo de las mil puertas también ha cambiado. Han arrancado todas las puertas de sus bisagras y ahora los marcos de madera yacen desnudos y expuestos. El resplandor plateado de la luna se cuela por las grietas de los paneles del techo. Incluso las ratas parecen haberse esfumado. No las oigo corretear tras las paredes.

—Cada pedacito de ti ha desaparecido —le digo a la fábrica, pero en realidad se lo estoy diciendo a Aaron y, si las ratas aún siguieran aquí, incluso ellas lo comprenderían—. ¿Cómo puedes haberte evaporado así, de la noche a la mañana?

Sin embargo, todavía hay una sala que no he comprobado.

La puerta que conducía a esa sala ya no está, igual que el resto, pero al ver que la segunda puerta sigue intacta, la puerta que abre el Despacho, se me acelera el corazón. Apoyo la mano sobre el picaporte y giro la muñeca, pero me quedo con el pomo en la mano.

Empujo la puerta y asomo la cabeza, pero lo único que veo es una destrucción total y absoluta.

El monitor de televisión está destrozado. Quien se dedicara a arrasarlo todo aporreó la pantalla con el reproductor de VHS que solía haber al lado y que ahora está hecho pedazos en el suelo. El armario que solíamos utilizar para guardar nuestro alijo de comida basura sigue en pie, aunque el cajón del medio está medio abierto, como si fuese la lengua que asoma de una mandíbula rota. A esa masacre ha sobrevivido una lata, que sigue sin abrir y se esconde en las sombras de una esquina del cajón, como si le asustara salir de ahí. Los sillones de ejecutivo en los que solíamos apoltronarnos están rajados y destripados y la espuma del cojín se extiende por el asiento y los reposabrazos.

Y, a mis pies, yace una cinta VHS totalmente rota, con la película expuesta y cortada en tiras. Me agacho para recoger un trozo en concreto, el que todavía tiene la etiqueta puesta. Aunque, a decir verdad, ya intuía que sería la cinta de *Colmillo*, la que no terminaba con el final sangriento clásico de una película de terror, sino con la familia Peterson desmenuzándose, ahogada por la enajenación y la locura del patriarca.

Sostengo varias tiras de película y las observo a contraluz, pero es absurdo. Si por casualidad ahí quedaba alguna prueba que pudiera corroborar mi versión, ahora debe de estar en ese montón de plástico y cristales rotos.

Hace menos de una hora, estaba ansioso por salir de casa y no aguantaba estar ahí un minuto más. Y, de repente, no hay nada que me apetezca más que volver ahí. El zumbido de la calefacción, las sábanas de mi cama, tan tensas y rígidas que siento que me aplastan las piernas, el enrejado frágil y tambaleante que amenaza con romperse cada vez que trepo por él para alcanzar mi ventana, los ronquidos de mis padres… ahora, más que nunca, eso es lo que más añoro, lo que más deseo. Tal vez las horas que he pasado en comisaría no han bastado para convencerme de que debo parar, rendirme, tirar la toalla, pero encontrar la cinta de *Colmillo* sí. Es la gota que colma el vaso. Ahora sé que debo aceptar las cosas tal y como son.

Y, de repente, se me ocurre una idea.

Es algo irracional, pero necesito ver la carpa con mis propios ojos antes de irme. La última vez que la vi casi me da un infarto y la palmo ahí mismo. Por nada en el mundo habría imaginado encontrarme esa especie de tienda de campaña improvisada llena de dibujos con personas diminutas aterrorizadas, y ese maniquí con las manos atadas. Aquella escena… me resultó espeluznante. Sí, recuerdo que se me pusieron los pelos de punta al toparme con la carpa en mitad del bosque, justo detrás de la fábrica abandonada. No tenía ningún sentido, desde luego. Pero no he dejado de soñar con montañas rusas, maniquíes con el rostro borrado y partes de máquinas oxidadas o manchadas de grasa, por lo que sospecho que esos dibujos puedan ser importantes.

Salgo corriendo en busca de esa parte del bosque, rodeada de arbustos y malas hierbas. Pienso llevarme todos los bocetos que pueda. Mañana volveré a por los que queden. Quizá con una mejor iluminación podré advertir algún detalle que pasé por alto y, quién sabe, tal vez pueda descifrar el código secreto que el artista haya ocultado bajo esos garabatos de lápiz y carboncillo.

Mi gozo en un pozo. No podré llevarme nada a casa esta noche, ni ninguna otra noche. Cuando doblo la esquina y me asomo por el follaje tras el que se veía la lona mugrienta que cubría esa colección de cuadros, no advierto nada, tan solo la misma maleza que se ha tragado las ruinas carbonizadas del parque.

—No —murmuro, porque no puede ser verdad.

Estoy justo delante de ese pequeño claro del bosque. Ahí solo quedan las cuerdas raídas que siguen atadas a las ramas y que servían para sujetar la lona.

—¡No!

Doy una patada al tronco de un árbol pero lo hago con tanta fuerza que siento un calambre casi eléctrico hasta la rodilla, lo cual solo sirve para que me enfade todavía más y acabe pateando una montaña de piñas que han caído de los pinos. Sí, es bochornoso. Un chaval de doce años está teniendo una rabieta en mitad del bosque, pero no he podido evitarlo. Esa era la última idea que se me había ocurrido. Era el único lugar en el que podría hallar alguna pista que me condujera a Aaron y a Mya, o una prueba que pudiera reabrir el caso o demostrar que ahí estaba ocurriendo algo; algo, por cierto, que alguien se ha tomado muchas molestias en borrar.

No estoy llorando. Es solo que me sudan los ojos. Y eso escuece mucho. Y por eso se me humedecen los ojos.

No estoy llorando. Y, aunque así fuera, ¿a quién le importa? Estoy solo, en mitad de una fábrica abandonada, es de madrugada y hace un frío que pela. ¿Quién en su sano juicio estaría dando un paseo por ahí?

—Tú ganas, Universo —digo, y me seco esas lágrimas de rabia y frustración.

Vuelvo a casa corriendo. Corro hasta que el dolor de piernas me resulta insoportable, hasta que las mejillas me arden por el viento y el frío, hasta que mis pulmones ya no son capaces de llenarse de aire. Corro hasta que dejo de oír esa vocecita que retumba en mi cabeza y que me dice que no me rinda, que siga buscándolos, porque Aaron y Mya todavía están vivos, y que me asegura que puedo encontrarlos. Que necesitan que los encuentre. Corro hasta que el ruido sordo que me martillea los oídos se convierte en el latido de mi corazón, hasta que las dudas y las sospechas y los miedos se transforman en certezas: jamás los encontraré.

Estoy harto de buscarlos.

Trepo por el enrejado con sumo cuidado y muy despacio, en parte porque temo que esta vez vaya a romperse, y en parte porque estoy agotado y no puedo ir más rápido. Dejo la ventana de mi habitación abierta, pero con la mosquitera puesta porque estoy acalorado y empapado en sudor por la carrera. Y también porque estoy cansado de tener miedo.

Encuentro la pulsera con el colgante en forma de manzanita sobre la cama, justo donde la dejé. Me he cansado de preguntarme de quién es y cómo diablos apareció en mi mano por la mañana. Cojo la pulsera y la arrojo al otro lado de la habitación; se desliza por el suelo y termina en alguna esquina olvidada y polvorienta.

Cuando me meto en la cama, tiro del edredón y me tapo hasta la cabeza. Inspiro todo el aire que ha quedado atrapado dentro de esa tienda de campaña que he creado y espero hasta el último segundo para salir a la superficie e inhalar de nuevo.

Y entonces percibo un sonido lejano. Viene de fuera. Al principio creo que se trata de un pájaro, pero sé que es imposible porque es de noche y hace un frío que te hiela hasta los huesos. Afino el oído y, poco a poco, empiezo a distinguir una melodía. Una melodía que reconozco de inmediato.

Al principio silba la canción, y luego se pone a cantar.

Tom, Tom, el hijo del gaitero,
robó un cerdo y escapó cual vaquero.
El cerdo se comieron y a Tom apalearon,
y Tom se marchó corriendo calle abajo.

Me acerco lentamente a la ventana, pero esta vez no me tomo la molestia de asomarme con sigilo porque él sabe que estoy aquí.

Ahí, en mitad de la calle, con las manos entrelazadas tras la espalda y su bigote enroscado casi hasta las cejas, está el señor Peterson, vestido con ropa de calle. Sus ya tradicionales pantalones de color caqui están manchados de grasa negra. Y ahora que sabe que lo estoy observando, extiende una mano, también cubierta de ese ungüento grasiento, y me muestra una agenda con la tapa estampada de diminutas florecillas. Empieza a moverla, como si fuese un abanico delicado.

Y, sin pronunciar una sola palabra más, sin silbar una sola nota más, se da media vuelta y desaparece tras la puerta de su casa. Me quedo ahí como un pasmarote durante tanto tiempo que al final las piernas empiezan a temblarme; quiero creer que es por el agotamiento, pero entonces vuelvo a oír una música, solo que esta vez viene del sótano de la casa de enfrente; es la misma música de carrusel que he oído tantas noches que ya he perdido la cuenta. Y sé que sale de las entrañas de la casa de los Peterson.

Y aunque cierro la ventana y echo el pestillo, y aunque arrastro la cómoda para bloquear cualquier entrada, esta noche no hay barricada que pueda hacerme sentir seguro. El señor Peterson tenía la agenda telefónica, y eso significa que la cogió de mi habitación. Esta vez, la amenaza es más clara que la melodía que ha silbado.

Esta vez sí hay un hombre del saco. Y ha estado debajo de mi cama.

Sobre la autora

©: Kristyn Stroble

CARLY ANNE WEST es autora de novelas juveniles como *The Murmurings* y *The Bargaining*. Tras licenciarse en la universidad, prosiguió sus estudios con un postgrado en literatura inglesa y en escritura narrativa en la Universidad de Mills. Actualmente vive con su marido y sus dos hijos cerca de Portland, Oregon. Para más información, visita su página web www.carlyannewest.com